별빛 언덕 위에 쓴 이름

별빛 언덕 위에 쓴 이름

소강석
에세이

샘터

나는 소강석 목사와 윤동주 탄생 100주년을 기념하는 KBS 특집 다큐 촬영을 위해서 일본을 다녀온 적이 있다. 일본의 밤하늘에는 별이 거의 없었다. 그런데 소강석 목사의 가슴에서 윤동주의 별을 보았다. 나는 소강석 목사를 볼 때마다 또 다른 윤동주를 본 것 같다. 그는 진심으로 윤동주를 사랑하는 시인이다.

그가 윤동주를 기념하는《다시, 별 헤는 밤》이라는 평전시집을 집필하더니, 이번에는《별빛 언덕 위에 쓴 이름》이라는 에세이식 평전을 썼다. 이것은 이론적이고 학문적인 시 해설이 아니다. 윤동주를 진심으로 사모하는 그의 가슴과 눈동자와 발걸음으로 쓴 글이다.

그가 얼마나 윤동주를 사랑하고 이 시대에 다시 윤동주를 소환하고 싶었으면 중국과 일본의 현장들을 직접 찾아다니며 연구하고 글을 썼겠는가. 이 책은 소강석 목사만이 쓸 수 있는 책이다. 윤동주의 눈물과 미소, 체온과 숨결이 담겨 있다.

그런데 그 윤동주 안에는 순결한 기독교 정신과 우국충절의 나라 사랑이 있다. 윤동주가 하지 못한 말을 소강석 목사의 깊은 묵상과 시심을 통하여 한 줄 한 줄 대신하여 써 내려갔다. 학자가 연구한 전문적인 평전은 아니지만 평전의 성격을 띠고 있는 순백하고 서정적인 에세이다. 단순히 윤동주에 대한 객관적 사실과 이론을 나열한 것이 아니라 그가 직접 윤동주 속에 들어가고 윤동주를 끌어내서 그의 삶과 언어를 재현한 것이다. 그래서 책장을 넘길 때마다 진한 감동이 밀려온다.

이 책을 통해서 현대인들이 윤동주와 재회했으면 좋겠다. 윤동주의 꽃이 다시 피어나고 윤동주의 별이 다시 떠올랐으면 좋겠다. 별빛 언덕 위에 쓴 이름, 동주……. 그 하늘과 바람과 별과 시의 이름이 다시 우리 가슴속에서 꽃이 피어 향기 나고 별이 되어 빛나고 있다.

2017년 11월
강희근(경상대 국문과 명예교수, 한국문인협회 부이사장)

윤동주는 이름만 들어도 애처롭다. 왜냐면 윤동주는 어두운 시대에 태어나서 불운하게 죽었던 우리 민족의 대표자요, 고난의 모형이라고 할 수 있기 때문이다. 그런데 지금까지 윤동주에 관한 연구를 보면, 대부분 인간의 보편적 가치와 자연의 서정성을 노래한 시인으로만 해석하였다. 물론 일부에서는 시대의 아픔을 함께한 저항시인으로 본 측면도 있었다.

그런데 윤동주 탄생 100주년을 맞아 국민의 한 사람으로서, 시를 쓰는 시인으로서, 기독교 세계관을 가진 목회자로서 윤동주의 시 세계를 새롭게 추적하고 싶었다. 그래서 윤동주 관련 평전과 연구서적을 탐독하고 직접 용정을 여러 번 방문하였을 뿐만 아니라 일본의 릿쿄대학, 도시샤대학, 후쿠오카감옥 등을 두루두루 방문하였다. 그리고 윤동주의 육촌 동생인 가수 윤형주와 윤동주의 벌거벗은 무덤에 뗏장을 입히고 그 앞에서 깊은 대화를 나누기도 했다. 그 결과, 윤동주야말로 기독교 정신을 바탕으로 하여 민족의 아픔과 상처를 시로 표현한 예언자적 저항시인이라는 결론에 이르게 되었다.

사실 언뜻 보면 윤동주는 청록파 시인처럼 시대 저항과는 아무 상관없이 하늘과 바람과 별을 바라보며 순수한 서정만을 노래한 것처럼 볼 수 있다. 그러나 그가 바라본 하늘과 바람과 별은 다르다. 단어 하나하나에 시대의 혼과 아픔이 담겨 있으며 순혈적 신앙과 예언자적 저항정신이 담겨 있다. 윤동주는 야수적 폭력이 지배하던 일제강점기를 불운하게 살다 별빛처럼 스러진 예언자적 저항시인으로서 여전히 우리 가슴에 빛나고 있다. 그리고 그 바탕에는 어린 시절부터 굳건하게 퇴적되어온 기독교 사상과 정신이 있다.

오늘을 사는 한국인들은 윤동주 시인에게 큰 빚이 있다. 그의 시를 읽고 읽으면 '아! 나는 지금 뭘 하고 있나, 제대로 살고 있나' 하는 반성과 함께 암울한 시대에 빛이 되기 위해선 무언가를 해야 한다는 다짐과 기도가 절로 나온다. 그런 의미에서 윤동주 시인은 순혈적 신앙을 맑게 하고 저항정신을 솟아나게 하는 시적 샘물이라고 할 수 있다. 그의 시 세계를 알면 알수록 시혼(詩魂)이 맑아지고 저항의식이 깨어난다.

책에 나오는 윤동주 관련 학자들의 견해와 일부 사진 자료는 필자가 참여했던 KBS1TV 특집 다큐멘터리 〈시인과 독립운동〉의 내용을 참조하였다. 이 책이 윤동주 시인의 시 세계를 더 확장하고 또 다른 별의 시인들이 나오게 하는 작은 등불이 되면 좋겠다.

우리가 윤동주를 제대로 이해한다면, 이 시대를 사는 나를 더 잘 알게 될 것이다. 우리가 윤동주를 제대로 만난다면, 지금 어떻게 살아야 하는지 더 잘 알게 될 것이다. 참된 인간의 자화상이 민족의 정체성까지 회복시킬 것이라는 희망을 전하고 싶었다.

2017년 11월
소강석(새에덴교회 담임목사, 시인)

암전된 역사의 슬픈 애가

풀잎을 위로하는
달팽이의 애가

풀잎이 시들고 들녘에 꽃잎도 떨어졌다. 별들은 숨을 죽이며 반짝거리기를 주저하고 있을 때 민족의 들녘에 암전된 역사의 슬픈 애가가 아리아로 메아리친다. 춤추는 이는 어디에도 없고 망국의 애가만 산야에 구슬프게 울려 퍼지고 있었다. 그랬다. 조선은 그렇게 망했고 섬처럼 흘러가는 역사의 파도 위에 슬픈 애가 소리를 타고 하늘의 별빛이 비추었으니 마침내 별의 시인 윤동주가 태어난다. 그나마 그것은 상처 입은 풀잎들을 위로하기 위해 방문하는 달팽이의 눈물과 같았다.

조선 패망의
세 가지 원인

하버드대학교 역사학 교수 요한 바그너는 《역사의 대실패》라는 책에서 조선의 멸망 원인에 대해서 기술했다. 첫째, 역사의 변화를 읽지 못하고 대응하지 못했기 때문이다. 흥선대원군은 쇄국정책을 통해서 신문물을 받아들이지 않고 나라 안팎의 빗장을 닫아버렸다. 둘째, 관료 사회와 지식층의 부패 때문이었다. 조선의 개국공신인 정도전은 군신공조 정치론을 펴면서 이상 국가를 꿈꿨다. 그런데 시간이 갈수록 그의 사상은 변질되고 사색당파와 세도정치에 함몰되고 말았다.

조선 말기에는 폐해가 극에 달하면서 지방 관리도 3권을 다 가졌고 지식층의 타락이 이루 말할 수 없었다. 더구나 안동김씨가 세도정책을 펴면서 백성들은 수탈과 착취로 인하여 가난에 허덕이며 도탄의 수렁에 빠졌다. 결국 농민반란인 동학혁명이 일어나고 왕은 청나라에 가서 혁명을 제압해달라고 구걸할 정도였으니 나라가 어떻게 되었겠는가.

셋째, 국론이 분열되었기 때문이다. 서로 기득권 싸움만 하니까 왕의 지도력이 무력화됐다. 그러다가 조선의 국운은 기울어지고 1895년 8월 21일 명성황후가 일본의 자객들에 의해 무참히 살해되는 참혹한 사건이 일어난다. 당시 민비는 일본에 매우 걸리적거리는 인물이었다. 흥선대원군이 쇄국정책을 외칠 때 일본 사람들이 들어와 고종황제를 얼마나 능멸하고 빈정거렸는지 모른다. 고종은 우유부단하고 무능하여 아무 말도 못 하고 능멸과 협박을 그대로 받고 있었다.

그때 민비가 고종황제 옆에 앉아서 그들에게 위엄 있게 상대하며 일침을 하기도 하고 이침, 삼침을 놓기도 했다는 것이다. 그뿐만 아니라 민비는 러시아의 힘을 빌려 조선 땅에서 일본 세력을 몰아내고자 얼마나 많이 노력했는지 모른다. 그러니 일본에게 있어서 민비는 눈엣가시 같은 존재가 아닐 수 없었다. 민비가 없어야 고종황제를 마음대로 이용할 수 있기 때문이다.

그래서 일본은 사무라이들을 깊은 밤에 보내어 마침내 민비를 살해해버린다. 얼마나 사무라이들이 민비를 처참하고 끔찍하게 죽였는지 아는가? 당시 문서인 한성공사단 전문 제435호에 이렇게 기록되어 있다. "일본 사무라이들이 명성황후를 찾아 그녀의 유방을 잘라내고 강간을 한 후 대 일본 나라 만세라고 외쳤다." 이렇게 하고 나서 우리의 국모 명성황후를 죽여버렸다는 것이다. 그리고 그 시신을 불태워 한 줌의 뼈로 만들었다. 뮤지컬 〈명성황후〉를 보면 명성황후가 최후를 맞으며 애잔하고 애절하게 불렀던 마지막 눈물겨운 노래가 있다.

우리 조선은 고요한 나라 착하고 순한 백성들

걱정은 오직 험난한 시대 이 땅을 어찌 지킬고

알 수 없어라 하늘의 뜻이여 조선에 드리운 천명이여

한스러워라 조정의 세월 부질없는 다툼들

바위에 부서지더라도 폭포는 떨어져야 하고

죽음이 기다려도 가야 할 길 있는 법

이 나라 지킬 수 있다면 이 몸 재가 된들 어떠리 백성들아

저 애절한 노래와 함께 명성황후는 토막살인을 당하고 말았다. 그리고 불에 태워져 한 줌의 재가 되었다. 조선의 국모가 사무라이에게 강간을 당하고 살해를 당한 것은 앞으로 있을 일제치하동안 우리 민족이 당할 수치와 모욕을 예시해주는 것이라 할 수 있었다. 그런데도 〈한성신보〉 10월 9일자 기사에서는 명성황후 살해 사건을 대원군이 일으킨 것으로 허위보도되었다. 이미 일본의 야수적 침탈이 사회 전 분야를 장악한 상태였다.

결국 1905년 러일전쟁에서 승리한 일제가 대한제국의 외교권을 박탈하기 위해 강제로 을사늑약을 체결한다. 그러다가 결국 1910년 한일강제병합에 의해 일제에 우리나라의 통치권을 완전

히 빼앗기는 비참한 최후를 맞았다. 이것이 우리나라의 역사학자
가 아닌, 요한 바그너에 의해서 통찰된 조선멸망의 역사다.

비련의 꽃,
덕혜옹주

　명성황후가 일본의 사무라이들에 의해서 처절하게 죽임을 당
한 후, 고종황제는 다시 양귀인을 왕비로 맞이했다. 그리고 덕혜
옹주를 낳았다. 그녀는 고종황제의 온갖 사랑을 다 받았다. 그래
서 그녀를 덕수궁의 꽃이라 불렀다.

　그러나 그녀는 어린 나이에 불행하게도 아버지 고종황제의 독
살과 죽음을 목격한다. 그리고 열세 살에는 내선일체라는 명목하
에 일본으로 끌려가 갖은 냉대와 감시로 점철된 시절을 보냈다.
십대를 그렇게 보낸 후, 그녀는 일본 왕가의 다케유키라는 남자
와 강제 결혼을 했다. 원래 고종황제가 조선에서 짝 지어준 남자
가 있었음에도 불구하고 말이다.

　다행히도 덕혜옹주의 남편은 그녀를 극진히 사랑하고 연모하

였다. 그러나 덕혜옹주는 남편에게 마음을 주지 못한다. 강제 결혼한 것이 너무나 분해서 마음을 주지 못했다. 그러자 남편은 덕혜옹주를 구타하고 폭행했다. 그 불행한 결혼 생활 때문에 그녀는 오랜 세월 동안 정신병원에서 감금 생활을 하고야 만다. 더구나 딸의 죽음과 말로 할 수 없는 불행을 겪으면서 그녀는 황녀가 아닌 한 여자로서도 견디기 힘든 세월을 살아야 했다. 국적도 없이 낯선 일본 땅에서 그녀는 37년 동안 유령처럼 떠돌고 다녔다. 그동안 그녀는 오로지 덕수궁과 낙선재를 꿈에도 그리워하였다.

그녀가 유령처럼 떠돌아다니던 때에 한국인 모두도 그녀를 외면하였다. 무엇보다 조국이 독립을 하여 고국으로 돌아오고 싶은 때에도 이승만 정부는 왕족이 돌아오는 것이 정치적으로 부담스러웠기 때문에 그녀의 입국을 불허하였다. 그러다가 박정희 대통령의 배려와 한 기자의 노력으로 그녀는 마침내 조국에 돌아오게 되었다. 조국에 돌아와서도, 그녀는 가슴 깊이 사무치도록 조국을 그리워하였다. 죽음을 앞두고 혼미한 중에도 가끔씩 총기가 들 때면 삐뚤삐뚤한 글씨로 이런 글을 남겼다. "낙선재에서 오래오래 살고 싶어요. 전하, 비전하를 보고 싶습니다."

비전하를 보고 싶다는 말은, 어머니 양귀인을 보고 싶다는 말이다. 왜냐면 일본에 있을 때 어머니가 돌아가셨기 때문이다. 덕혜옹주는 자신의 기구한 운명 앞에서도 눈을 감는 그 순간까지 대한민국 우리나라를 잊지 못한 것이다. 한마디로 그녀의 기구한 운명은 조국의 운명과 같았다. 나라가 망하고 없으면 평범한 백성들뿐만 아니라 나라의 최고 신분인 왕과 공주도 비극적으로 될 수밖에 없다. 백성과 나라는 공동운명체라는 것이다.

불이 꺼진 역사의 밤, 짐승의 세월

조선의 황녀와 국모만 수치와 모욕을 당한 것이 아니었다. 일제에 나라를 빼앗긴 조선의 모든 남자와 여자들이 비극의 수레바퀴 아래서 짓밟히며 신음해야 했다. 얼마나 많은 조선의 남자들이 일본 본토를 비롯해서 노무자로, 강제 징용으로 짐승처럼 끌려가서 고생을 하였는가? 대동아전쟁이 일어났을 때는 얼마나 많은 남자들이 끌려가서 전쟁을 하였는가? 이제 막 결혼을 했던 신혼부부까지 그리고 학생들까지 학도병으로 끌려갔다. 내 나라가 아닌 남의 나라를 위해 전쟁을 해야 했던 민족의 뼈아픈 아픔이 있었다.

특별히 사할린으로 강제 징용된 사람들은 그야말로 짐승과 같은 취급을 받으며 탄광, 비행장, 도로 건설 현장에서 일을 하였다. 그들은 더 이상 사람이 아니라 말하는 짐승으로 살았을 뿐이다. 남자들뿐인가? 젊고 아리따운 우리 조선의 여자들은 수를 헤아릴 수도 없을 만큼 정신대로 끌려가 일본군의 위안부가 되었다. 그곳에 가서 얼마나 무참하게 짓밟히고 고난을 당해야 했는가?

〈여명의 눈동자〉라는 드라마나 〈에미 이름은 조센삐였다〉는 영화를 보면 얼마나 많은 조선의 처녀들이 위안부로 끌려가 수치와 모욕을 당하는가. 특히 〈에미 이름은 조센삐였다〉라는 영화를 보면 조선의 여인들이 일본군 고위 장교들에게 윤간을 당하는 장면이 나온다. 그 후에 다시 모든 병사들의 성노리개가 되어 처참하게 짓밟힌다. 그런데 한 처녀는 끝까지 윤간을 거부하다가 결국 나중에 목 베임을 당하기도 한다.

어떤 여인은 도망가다 잡혀 감옥에 갇힌 후에 유서를 써놓고 자살을 한다.

"나는 오늘처럼 우리 조상을 원망하고 미워해본 적이 없습니다. 도대체 나라의 지도자들이 어떻게 정치를 하고 나라를 운영하였으면 조국의 여인들이 일본의 성노리개로 끌려가 이토록 비참한 수치와 죽음을 당해야 한단 말입니까."

나는 그 장면을 보면서 얼마나 분노가 치밀었는지 모른다. 마치 그 일본군들에게 벗김을 당하고 노리개거리가 되는 것이 마치 친누나가 그런 짓을 당하고 우리 어머니가 그런 것을 당한 것처럼 치욕과 분노가 치밀었다. 그래서 여인이 유서를 읽는 부분에서 마침내 펑펑 울어버리고 말았다. 대한민국의 한 남자로서, 국민으로서 너무 치욕적이고 뜨거운 울분을 느낄 수밖에 없었다.

그래서 이런 역사의식을 가지고 언젠가 사할린을 가보고 싶었다. 그곳에 가서 만나고 싶었던 분들이 우리의 정신대 할머니와 노무자로 끌려온 할아버지들이었다. 특별히 정신대 할머니들을 만나고 싶었다. 그래서 마침내 직접 가서 그분들을 찾아뵙고 엎드려 큰절을 했다. 큰절을 하는데 정말 나도 모르게 마음속의 깊은 눈물이 흘러 내렸다. 나는 정치인이나 국회의원, 외교부 공무원도 아니었지만, 정말 가슴에 사무치는 민족의식과 애국심을 가지고 그분들께 엎드려 절을 했다. 그리고 그분들을 생각하며 이런 시를 쓴 적이 있다.

저희가 대신 울겠습니다

님의 얼굴에
지나온
당신의 모진 역사가
새겨져 있습니다

구겨지고 찌든 얼굴에
애끓던 당신의 젊음
한 많은 청춘의 역사가
기록되어 있습니다

차마 죽지 못해
수치와 통한의 눈물을 훔치며

살아온 인고의 세월들

거기에 대한민국의 역사가 있고

님이 흘린 피눈물로

한민족의 역사가 애가 끓게

기록되어 있습니다

고국에도 돌아오지 못하고

여태껏 사할린에 남아

모진 세월을 속가슴으로 삭이고 계시는

우리의 어머니들이여

이제야 찾아와

엎드려 절함을 용서하세요

어머니

얼마나 고국을 원망하셨습니까

얼마나 저희들을 탓하셨습니까

기나긴 세월 동안

얼마나 얼마나 눈물을 뿌리셨습니까

어머니

이젠 그만 눈물을 거두세요

어머니가 여명의 눈동자로 뿌린 눈물 때문에

저희가 이렇게 잘되어 있잖아요

대한의 아들딸들이 이만큼

잘 자라 있잖아요

이젠 그만 우세요

지금부턴 저희가 대신 울겠습니다

어머니의 모질디모진 수처들

대한민국의 통한의 역사를

가슴에 품고

저희가 대신 눈물을 흘리겠습니다.

한일강제병합 이후 일본은 우리나라를 자그마치 36년 동안이나 지배했다. 주권을 빼앗고 언어와 문화까지 빼앗긴 채 별빛 하나 보이지 않는 흑암의 시대였다. 일본은 우리 민족이 연날리기를 하면 하늘을 바라봄으로써 민족의 소망을 품는다고 연날리기

조차 못 하게 했다. 언어를 말살당했고 창씨개명을 강요당했으며 강제징용과 생체실험 등을 통하여 얼마나 참혹한 학살을 당했는지 모른다. 참으로 치욕적이고 수치스러운 역사였다.

그래서 우리 민족은 일본으로부터 민족적 자유를 쟁취하기 위해 끊임없는 독립운동을 해왔다. 그 자유운동의 시발점이 3·1운동이라고 할 수 있다. 일본은 1905년 고종황제를 제쳐두고 강제로 조선제국과 을사늑약을 체결해버렸다. 그래서 고종황제는 이준 열사를 비롯해서 이상설, 이위종을 헤이그에 밀사로 파견하였다. 그럼에도 불구하고 일본의 정치적 압력으로 그들은 만국평화회의에 참석을 못 했다. 그래서 세계 모든 기자들에게 을사늑약을 체결한 일본의 잔학성을 규탄하는 기자회견을 한다.

그때 이준 열사는 그 울분을 참지 못해서 단식에 들어갔다가 순국하게 된다. 그가 운명하던 날, 의식을 잃은 것처럼 잠들어 있었다. 그러다가 갑자기 벌떡 일어나 이렇게 외쳤다고 한다. "여러분, 우리나라를 도와주십시오. 일본이 우리나라를 짓밟고 있습니다." 그렇게 말을 하고 숨을 거두었다고 한다. 얼마나 민족의 자유와 독립을 염원했으면 이런 유언을 남기고 죽었겠는가?

그 이후 이상설과 이위종은 러시아 블라디보스토크로 가서 항일운동과 민족의 자유운동을 벌이다가 병사를 했다. 그런데 헤이그에서 특사들이 고군분투하고 있을 때 일본은 고종을 강제로 퇴위시킨다. 그리고 1919년 1월 21일 일본은 고종황제를 독살시켜버린다. 그 사건으로 말미암아 전 국민이 분노를 일으키고 그 분노의 불씨로 일어난 운동이 기미년 3·1운동이다. 바로 이런 암전된 역사의 슬픈 애가가 조선 땅에 메아리치고 있을 때 저 북간도 땅에서 별의 시인 윤동주가 태어난다.

별의 시인이 태어나다

수치와 모욕의 밤이 깊어가는 암흑의 시대, 1917년 12월 30
일, 우리 민족의 광야에 별처럼 빛나는 한 시인이 태어난다. 그가
바로 윤동주 시인이다. 윤동주는 별의 시인이고 애국시인이며 저
항시인이다.

그때 청록파 시인들은 당시 민족의 고난이 어떻든 역사의 아
픔과 민족의 아픔을 외면하고 자연과 교감을 나누는 서정시들을
썼다. 물론 그 분들도 자연과 인간의 서정을 심미적으로 노래한
훌륭한 시인들이었지만, 윤동주는 역사의 아픔을 온몸으로 끌어
안고 저항의 삶을 살다 간 시인이었다. 그와 함께 이육사, 이상화,
한용운 시인들 역시 우리 민족의 밤을 밝혔던 별빛 같은 시인들
이다.

그러면 왜 윤동주와 같은 시인이 위대한가. 그는 심미적인 서
정적 시를 쓰는 데 그치지 않고 직접 온몸으로 민족의 아픔에 동
참하고 일제의 억압과 폭압에 저항하는 시를 쓴 애국적 저항시인
이요, 예언자적 시인이었기 때문이다. 그러면 시란 무엇인가? 시

에 관한 여러 정의가 있다.

시인이 창작한 제2의 자연이 시다. -조지훈

시는 체험이다. -R. M. 릴케

시는 악마의 술이다. -A. 아우구스티누스

위대한 시는 가장 귀중한 국가의 보석이다. -L. 베토벤

시는 예술 속의 여왕이다. -스프라트

시에는 그림이 있고, 그림에는 시가 있다. -중국격언집

시란 사물을 있는 그대로 보는 것이다. -T. E. 흄

시는 운문에 의한 모방이다. -아리스토텔레스

시는 말하는 그림이다. -필립 시드니

시는 언어를 향한 일제사격이다. -앙리 미쇼

시는 언어의 건축물이다. -M. 하이데거

시는 극점에 달한 언어다. -말라르메

시를 가지지 못하는 사람의 생활은 사막의 생활이다. -메르디트

시는 상상과 감정을 통한 인생의 해석이다. -W. H. 허드슨

시에 관한 견해들을 종합하면, 시는 인간과 자연만물과 신에

대한 자신의 사상과 감정, 사랑과 슬픔, 모든 제반의 내면의 사상
들을 운율이 있는 언어로 노래하는 문학이다. 그러나 시가 심미
적, 서정적 노래로만 끝나서는 안 된다. 시에는 시대정신과 예언
자적 혼이 있어야 참다운 시라고 할 수 있다.

하늘의 신탁을
땅에 전하는 예언자, 시인

요즘이야 사람들이 시를 개인의 서정성을 운율에 맞추어서 표
현하는 언어예술로만 이해를 하고 있지만, 옛날에는 시인을 그렇
게 생각하지 않았다. 물론 시는 인간의 언어예술이다. 그러나 고
대 사람들은 시를 언어예술이기 전에 신전에 임한 신의 이야기로
이해를 했다.

그래서 詩라는 글자를 한문으로 보면 말씀 언(言) 변에 절 사
(寺) 자가 합해져 이루어진 것이다. 그런데 이것을 우리나라에서
는 '절 사'로 사용했지만, 원래는 '관청 시'였다. 그 관청은 왕과 재
상들이 백성을 다스렸던 곳이다. 그런데 복음이 전해지지 않던

때에도 땅의 왕을 하제라고 부르고 하늘의 왕을 상제라고 불렀다. 그리고 이 땅에서 통치하는 하제는 하늘의 상제 말씀을 잘 받들어서 다스려야 한다고 생각했다.

그런데 이 땅의 하제가 하늘의 상제 말씀을 받은 것을 바로 시라고 표현했던 것이다. 그러니까 시의 원래 뜻은 상제의 말씀을 모시는 신전, 곧 하나님의 말씀을 모시는 성전이라는 말이었다. 그런데 후대에 와서 왕들이 마음에 욕심의 때가 끼고 우둔하여져서 권력욕으로 가득해졌다. 그러다 보니 하늘의 뜻을 분별하지 못한 것이다.

그래서 육신의 욕망으로 백성을 다스리거나 사교와 사술로 백성을 통치하며 권력을 농단하기 시작했다. 바로 그때에 신탁을 받아 왕에게 하늘의 뜻을 전달하고 하나님의 말씀을 잘 가르쳐주는 사람이 생겨나게 되었으니, 그가 바로 시인(詩人)이었다는 것이다. 다시 말하면 왕이 하나님의 말씀이나 뜻대로 통치를 하고 정치를 하도록 가르쳐주고 견제해주는 사람이 시인이었다는 것이다.

따라서 시인의 가슴은 하나님의 말씀을 받고 모실 수 있는 신전이어야 했다. 그러므로 고대에서 시인들은 하늘의 뜻을 전하는 예언자 역할을 했고 하늘과 땅 사이에 가교 역할을 하는 제사장이었다. 이런 사상은 고대 그리스에서도 마찬가지였다.

그런 의미에서 오늘날도 시인은 시를 쓰기 위해서 자기 욕망의 겉옷을 다 벗어버려야 한다. 뿐만 아니라 자신의 마음속에 있는 욕망의 찌꺼기를 다 벗어버려야 한다. 그리고 시인이라면 자기 개인의 서정성이나 감성만을 읊조리는 것이 아니라 적어도 당대의 시대혼을 포효하는 예언자적 메시지를 담을 줄 알아야 한다.

강희근 시인(한국문인협회 부이사장)은 윤동주의 저항적 시 세계에 관하여 다음과 같이 말한다. "윤동주는 시인으로서 굉장히 순결하고 예언자적인 시를 썼음에도 불구하고 그가 살았던 때는 가장 극심한 민족 수난의 시기였다. 그런데 그는 현실을 외면하거나 도피하지 않고 오롯이 참혹한 역사의 암흑기를 온몸으로 겪어 내면서 자신이 예언했던 대로 저항의식과 희생정신을 삶으로 실천하였다. 그런 면에서 윤동주는 단순한 순수 서정시인을 넘어서 저항적 애국시인이라고 할 수 있다."

윤동주를 전공한 일본의 우에노 교수 역시 《예언시인 윤동주》라는 책에서 윤동주를 예언자적 시인이라고 했다. 우리나라 사람도 아닌 일본 사람이 윤동주를 예언자적, 제사장적 시인이라고

일본 시인이 만난 그의 묵시세계

예언시인 윤동주

우에노 준(上野 潤)

을지출판공사

우에노 교수가 쓴 《예언시인 윤동주》

하는 것은 큰 의미가 있다고 볼 수 있다.

이처럼 윤동주는 민족의 아픔에 동참하며 시대정신을 품고 시를 쓴 애국적 저항시인이요, 예언자적 시인이었다. 또한 제사장적 시인이었다. 그러면 윤동주가 왜 애국적 저항시인의 길을 걷게 되었는가? 크게 두 가지 이유로 설명할 수 있다.

윤동주가 애국적 저항시인의 길을 걷게 된 배경

① 애국지사들이 모여 살던 명동촌에서 할아버지와 외삼촌의 영향을 받았다.

윤동주는 중국 북간도 항일 독립운동의 근거지 명동촌에서 태어났다. 명동촌은 1899년 조선인들이 만든 마을이었는데 당시 우국지사들과 선각자들이 모였던 총 집합 장소였다. 명동촌 사람들은 돈을 모아 군자금을 보내고 교육과 훈련으로 민족지도자를 길러내며 독립을 갈망하던 사람들이다. 그래서 마을에 자체적으로 소학교, 중학교를 세워서 조선의 역사와 문화를 가르치며 북간도 항일 독립운동을 지원하고 독립운동가를 배출한 중요한 근거지였다.

특별히 윤동주의 할아버지 윤하현은 부유한 유지로서 독실한 장로요, 선각자였다. 그는 애국지사로서 독립투사들에게 무기 살 돈을 은밀하게 전해주었다. 바로 선바위 아래서 말이다. 그래서 윤동주는 할아버지가 선바위 아래서 독립투사들에게 독립자금을 대주는 것을 보고 자랐다.

또한 마을 한가운데 명동교회가 있었다. 윤동주는 어린 시절, 명동교회를 자기 집처럼 드나들었다. 교회를 세우고 명동촌을 일구었던 김약연 목사가 바로 윤동주의 외할아버지였기 때문이다.

김약연 목사는 간도의 개척자, 간도의 대통령이라고 불릴 정도로 깨어 있는 선각자요, 위대한 신앙인으로서 많은 영향력을 끼쳤다. 지금도 명동촌에 가면 "나의 행동이 나의 유언이다"는 그의 유언이 기록되어 있다. 그만큼 그는 자신의 모든 삶을 다 바쳐서 조국의 독립을 위해 싸웠으며 하나님 앞에 바른 신앙인으로 살기

선바위. 지금은 도로가 났지만 옛날에는 울창한 숲이었다고 한다.

윤동주가 다닌 명동교회

김약연 목사. "나의 행동이 나의 유언이다."

위하여 몸부림쳤다. 평생을 조국 독립을 위해 순교적 삶을 살았던 김약연 목사의 신앙과 정신은 어린 윤동주의 가슴에 스며들었으며 깊은 신앙과 저항정신, 민족혼으로 승화될 수 있었다. 그래서 그는 훗날 저항정신과 애국혼이 실려 있는 시들을 쓴 것이다.

② 가슴에 순결한 기독교정신을 품고 있었다.

당시 반도에 있는 기독교는 아무래도 일제의 폭압에 타협된 면이 있었지만, 윤동주가 살았을 당시의 용정은 순혈주의적 신학과 신앙의 순결에 목숨을 걸었던 전혀 때 묻지 않았던 청정 지역이었다. 그래서 하나님 사랑과 나라 사랑을 똑같이 가르쳤다.

윤동주의 할아버지 윤하현도 장로, 아버지 윤영석도 장로, 외삼촌 김약연은 목사였다. 특별히 어머니 김용도 독실한 기독교 신자였다. 그래서 윤동주에게 나라에 꼭 필요한 인물이 되라고 가르쳤다. 그리고 윤동주 본인도 주일학교 선생이 되어 아이들을 가르쳤다. 그러므로 명동촌의 교회는 어린 윤동주의 가슴에 신심만 불러일으킨 것이 아니라 나라 사랑과 독립운동을 증진시키는 샘이요 진원지였다.

윤동주는 어린 시절 명동촌에서 자유롭게 한글을 쓰고 시를 쓰고 민족의 역사를 배우며 자랐다. 그런데 청년이 되어보니 일제에 집을 빼앗기고 문화와 언어마저도 빼앗긴 조국의 처참한 현실이 보이기 시작한 것이다. 그래서 조용하고 내성적이었던 청년 윤동주는 자신의 고뇌와 각오를 시 속에 담아 시적 저항을 시작하였다.

그의 시 세계에서는 한 젊은 지식인의 아픔과 고뇌를 애틋한 감성으로 기술하는 것으로 끝나는 것이 아니라 조국의 독립을 염원하는 애국의 투혼이 별빛처럼 빛나고 있다. 그것은 어린 시절 명동촌에서 할아버지와 외삼촌을 통해서 배우고 체득해왔던 순

명동교회 십자가 강단 아래서

윤동주 생가 마루에 앉아서 시를 쓰다.

결한 기독교 사상과 정신, 나라 사랑의 의식에서 발화된 것이다.

윤동주가 대학 진학을 앞두게 되자, 아버지는 의대에 가서 의사가 되라고 권유했다. 왜냐면 그때 당시 의사는 어떤 치하에서도 핍박을 안 받았던 안정된 최고의 직업이었기 때문이다.

사실 윤동주의 아버지도 북경에 가서 유학도 하고 일본에서 문학을 공부했다. 그런데 문학을 해보니 먹고살기가 힘들었다. 그래서 아들에게 "너는 의과를 가라, 의사가 되어서 안정된 삶을 살라"고 하였다.

그래도 윤동주는 천성적으로 가지고 태어난 문학성이 있었기에 문학의 길을 포기할 수 없었고 결국 문과를 선택했다. 윤동주는 아버지에게 죄송한 마음에 연희전문학교에서 여러 번 편지를 드렸다고 한다.

연희전문학교에서 1

아버지,
당신은 불초한 아들이 의사가 되어

이 험난한 세상의 파고를 안전하게 항해하기를 바라셨지요
시대정신과 이념, 사상과 예술의 불꽃을 멀리하고
아내와 자식들을 흐뭇하게 지켜주는
한 사내가 되기를 원하셨지요

그러나 이 못난 아들은
여전히 용정에서 따라온 부끄러움의 그림자를 벗어날 수 없어
폐허가 된 문학의 헛간에 남루한 삶의 봇짐을 풀어놓고
아버지의 애절한 눈빛을 끝내 외면하였네요

아무리 그 어둔 그림자를 향하여 꾸짖고 따라오지 말라고
조소해도
자그만 가슴 지울 수 없는 부끄러움 때문에
연희전문의 빈 교실, 창밖으로 우수수 떨어지는 나뭇잎들을
보며
저는 하늘과 바람과 별과 시의 이야기를 듣고 있었어요

아버지,

하얀 가운을 입고 의학서적을 넘기는 아들이 되지 못하고

여전히 문학의 화롯가에서 추운 몸 녹이는

어설픈 시인이 된 아들을 용서해주세요

비록 흔들리는 불꽃 아래서

혼자 시를 쓰고 또 지우고 쓰고 또 지우는

아무짝에도 쓸모없는 힘없고 외로운 시인일지라도

언젠가 이 고독하고 쓸쓸한 한 줄의 시가

상처 입은 누군가의 가슴에서 읽히고 또 읽힌다면

저는 청춘의 하얀 백지 위에 쓰고 또 쓰겠어요

비록 조그만 방 한 칸, 호롱불을 밝히는 삶일지라도

그것이 영혼의 둥지가 되고 삶의 행복이 된다고 믿고 있습

니다

아버지,

연희전문의 고요한 풍경과 바람과 구름과 별을

송두리째 드리고 싶어요

애당초 아버지가 그것들을 제 가슴에 넣어주셨잖아요.

얼마나 애틋하고 가슴 절절한 편지인가? 그런데 아쉽게도 그때 쓴 편지가 한 장도 남아 있지 않다. 그래서 위의 시는 당시 윤동주의 시적 화자와 일치가 되어서 내가 한번 써본 것이다. 아마도 윤동주는 그런 마음이었을 것이다.

〈동주〉라는 영화를 보면, 명동촌의 집에서 연희전문 진학을 앞두고 아버지와 윤동주가 다투는 장면이 나온다. 아버지의 호통에 내성적인 성격인 윤동주는 침묵으로 저항한다.

순하고 부드러운 마음결을 가진 윤동주는 감히 아버지에게 큰소리로 반항하고 거부하지 않는다. 그러나 침묵으로 분명하게 반대 의사를 표한다.

그때 윤동주의 할아버지가 "그만들 하라, 기도하자" 하면서 암묵적인 동의를 보내준다. 윤동주는 자신의 방에 들어가서 호롱불빛 앞에서 고뇌한다. 자신을 아끼고 사랑하는 아버지의 진심을 모르는 바는 아니나, 자신이 가고자 하는 문학의 길을 포기할 수 없는 소년 윤동주의 깊은 번민과 사색이 그의 눈빛 속에 어른거린다.

연희전문학교에 진학하기 전, 명동촌에서 썼던 윤동주의 초기
시들은 역사의식이나 저항정신보다는 청록파와 같은 순수 서정
시였다. 윤동주는 삼남매 중 맏아들로 태어났으며 집안도 넉넉한
편이었다. 오늘날로 말하면 금수저 집안에서 태어난 것이다. 뿐만
아니라 자유롭게 우리말과 글을 사용했고 역사를 공부했다.

특히 북간도는 일찍이 캐나다 선교사들이 들어와 개화가 되었
다. 그 당시 사진을 보면 턱시도를 입고 모자를 쓰고 있어 서구적
인 느낌이 가득하다. 그리고 1920~1930년도에 이미 레슬링, 유
도, 검도, 정구, 테니스, 야구, 럭비 등 다양한 운동과 음악, 미술
교육을 하였다. 그래서 윤동주의 〈별 헤는 밤〉 시에 보면 패, 경,
옥 이런 중국 이름들이 나온다. 중국 한족들이 유학을 온 것이다.
그 당시 러시아에서도 자녀들을 유학 보낼 정도로 교육 수준이
높았다고 한다.

더구나 명동촌은 북간도의 일제 경찰도 함부로 하지 못할 정
도로 평화롭고 안전한 곳이었다. 지형도 산에 둘러싸인 소쿠리

태극 모양의 막새기와

모양으로 되어 있어서 언제나 따뜻한 햇살이 비추고 별이 빛나고
오곡이 풍성한 곳이었다. 그래서 명동촌 사람들은 서슬이 퍼렸던
일제강점기에도 자신들의 집 기와와 막새에 태극 모양을 새겨 넣
고 살았을 정도였다.

　그만큼 명동촌은 일제의 야수적 침탈이 닿지 않는 곳이었다는
것을 볼 수 있다. 한 폭의 수채화 같은 아름다운 자연환경과 평화
로운 문화적 토양 속에서 조용하고 내성적인 소년 윤동주는 빛나
는 순수 서정시를 쓸 수 있었던 것이다. 나는 어린 시절의 윤동주
를 생각하며 〈명동촌의 봄〉이라는 시를 썼다.

명동촌의 봄

해란강의 얼음이 녹아내린 지는
이미 오래
야산에는 진달래가 수줍게 피어나고
개나리 개살구꽃 함박꽃 할미꽃도 겸연쩍게 피어나며
앞 강가 버들방천에는
버들강아지가 부끄럽게 피어나네

교회당 종소리가 새벽을 깨우고
새들이 정답게 아침을 알려줄 때
문을 열어 우뚝 솟은 선바위 삼형제 바위를 바라보면
어느새 그리움, 설렘
그 두 날개를 타고 훨훨 날아가고 싶어
시심을 절로 일으켜준다

꽃들이 시든다 해도
푸른 잎사귀들이 그 자리를 지켜주고

밤하늘의 별빛은 여름일수록 부서질 것이기에
명동촌의 봄은 아쉬움이 없다
봄부터 소쩍새가 울 때에
위대한 별의 시인이 태어나리니.

특히 윤동주는 송몽규가 동아일보 신춘문예에 콩트 〈술가락〉
이 당선되자 선한 경쟁의식을 가지고 시 창작에 정진하게 된다.
1934년 15세에 〈초 한 대〉, 〈삶과 죽음〉, 〈내일은 없다〉 등 3편의
시를 쓴다.

초 한 대

초 한 대 —
내 방에 품긴 향내를 맡는다.

광명의 제단이 무너지기 전
나는 깨끗한 제물을 보았다.

염소의 갈비뼈 같은 그의 몸,
그의 생명인 심지까지
백옥 같은 눈물과 피를 흘려
불살라 버린다.

그리고도 책상머리에 아롱거리며
선녀처럼 촛불은 춤을 춘다.

매를 본 꿩이 도망하듯이
암흑이 창구멍으로 도망한
나의 방에 품긴
제물의 위대한 향내를 맛보노라.

삶과 죽음

삶은 오늘도 죽음의 서곡을 노래하였다.
이 노래가 언제 끝나랴

세상 사람은 —

뼈를 녹여내는 듯한 삶의 노래에

춤을 춘다

사람들은 해가 넘어가기 전

이 노래 끝의 공포를

생각할 사이가 없었다.

하늘 복판에 알 새기듯이

이 노래를 부른 자가 누구뇨

그리고 소낙비 그친 뒤같이도

이 노래를 그친 자가 누구뇨

죽고 뼈만 남은

죽음의 승리자 위인들!

내일은 없다

내일 내일 하기에
물었더니,
밤을 자고 동틀 때
내일이라고

새날을 찾던 나는
잠을 자고 돌보니
그때는 내일이 아니라
오늘이더라
무리여! 동무여!
내일은 없나니……

    〈초 한 대〉, 〈삶과 죽음〉, 〈내일은 없다〉 속에는 15세 소년 윤
동주의 애틋한 시적 감성과 순수함이 묻어난다. 정말 순수하게
시인이 되고 싶었던 소년, 초를 통하여 사멸당하면서도 빛나는
유한한 존재의 빛과 그림자를 보여주고, 삶과 죽음의 공존, 과거

윤동주가 어린 시절을 보낸 생가 내부

와 현재, 내일의 시공간 속에서 의문과 회의에 쌓이는 실존의 내면을 보여주는 시들이다. 어쩌면 윤동주는 자신의 시적 감성을 어둠 속의 촛불처럼 발화하며 인생의 서정을 노래하고 예술의 등불을 발화하고 싶었을 것이다.

또한 17세 무렵에 〈가톨릭 소년〉이라는 잡지에 동시를 발표하며 동시 작가로 활동한다. 당시에는 성인시를 쓴 작품들은 지상에 활자화하지 않았고 동시만을 발표했다. 〈모란봉에서〉라는 동시에는 그 당시 윤동주의 내면이 엿보인다.

모란봉에서

앙당한 소나무 가지에
훈훈한 바람의 날개가 스치고

얼음 섞인 대동강물에
한나절 햇발이 미끌어지다.

허물어진 성터에서

철모르는 여아들이

저도 모를 이국말로

재잘대며 뜀을 뛰고

난데없는 자동차가 밉다.

    중앙대 문예창작과 이승하 교수는 〈모란봉에서〉라는 동시에 대해 이렇게 해석한다. "우리 조선의 아이들이 일본 노래를 부르면서 놀고 있는 모습을 보고 '세상에 어떻게 저 철모르는 아이들이 저도 모를 일본 동요를 부르고 있을까?' 그리고 난데없는 자동차가 밉다고 말한다. 자동차는 일본을 상징하는 것이다. 우리 조선인이 자동차를 몰고 다녔던 적은 없으니까 일절 상관없는 자동차가 밉다고 하는 것이다. 이런 동시를 통하여 아이들 마음속에 민족저항 의식 같은 것을 심어주고자 한 것이 아닌가 생각해볼 수 있다."

    윤동주는 평양 숭실중학교 재학 중 신사참배를 강요당하자 항일 표시로 자퇴하고 만다. 그리고 아버지의 반대에도 무릅쓰고

1938년 문학에 대한 열망을 품고 연희전문학교 문과에 입학하면서 본격적인 고민이 시작된다. 무엇으로, 어떻게 독립을 쟁취할 것인가?

시(詩)의 십자가를 진 풀잎의 영혼

청년 윤동주가 살아야 했던 그때는 좌절과 낙심의 기운이 팽배하던 시기였다. 일제의 민족말살정책과 무력통치 앞에서 독립은 불가능한 일처럼 보였다. 그런 가운데 윤동주는 연희전문 문과에 진학하여 본격적으로 시를 쓰기 시작했다. 그 당시 윤동주는 종종 친구들에게 자신은 시 쓰는 일을 평생의 업으로 삼겠다는 말을 남겼다고 한다. 서울 한가운데에서 일제의 식민통치를 체감하고 암울한 조선의 현실을 바라보면서도 그는 시를 놓지 않았다.

연세대 국문과 유광수 교수는 윤동주의 연희전문 입학에 대해 설명한다. "윤동주가 연희전문에 오게 된 가장 큰 이유는 시를 잘 쓰겠다는 것이었다. 그래서 의과를 가라는 아버지와 크게 싸우면서까지 문과를 가겠다고 고집한다. 결국 그의 할아버지가 중재해서 문과를 진학한다. 그만큼 청년 윤동주는 연희전문에 입학하여 시를 공부하고 쓰겠다는 의지가 강했다는 것을 알 수 있다."

결국 윤동주는 연희전문 시절 우리에게 잘 알려진 〈서시〉, 〈참회록〉, 〈별 헤는 밤〉 같은 민족사의 서판에 불멸의 시로 새겨진 별빛 같은 시들을 남기게 된다. 당시 한국어로 글을 쓴다는 건 정말 특이한 것이었다. 지금 생각하면 당연한 것처럼 보이지만 일제 치하의 역사적 상황을 생각하면 당연하지 않은 특별한 것이었다. 한글로 시를 쓴다는 것 자체가 하나의 저항 행위로 보일 수 있는 가슴 아픈 시대였다.

특별히 그는 일제의 압제가 극한으로 치닫던 1941년에 대표적 시들을 쓴다. 윤동주의 시대를 향한 저항정신과 독립의지 그리고 예언자로서의 직관이 담긴 몇 편의 시들을 소개한다.

눈 감고 간다

태양을 사모하는 아이들아
별을 사랑하는 아이들아

밤이 어두웠는데
눈감고 가거라.

가진 바 씨앗을

뿌리면서 가거라.

발부리에 돌이 채이거든

감았던 눈을 와짝 떠라.

이 시에서 태양과 별은 조국의 독립을 상징하고 밤의 어둠은 암울한 일제강점기를 상징하고 있다. 밤이 어두운데 눈을 감고 가라는 것은 역설적 반항이고 저항이다. 눈을 감고 가라는 것은 아무것도 보이지 않는 절망의 시대이지만 그럴수록 희망을 가지라는 말이다. 그래서 가진 바 희망의 씨앗을 뿌리면서 가고, 발부리에 돌이 채일 때 오히려 감았던 눈을 뜨라는 것이다. 그것을 계기로 삼아 거친 돌밭 같은 역사의 여정이라 할지라도 끝까지 희망을 가슴에 품고 전진하라는 것이다.

그는 얼마나 눈을 감고서라도 달려가고 싶었을까. 보려 하지 않아도 보이는 것들, 듣고 싶지 않아도 들리는 소리들에 대해 눈 감고, 귀 막고서라도 달려가고 싶은 미래가 있었을 것이다. 그러다 발부리에 돌이 채이면 눈을 와짝 뜨고서라도 끝끝내 달려가고 싶은 이상향이 있었을 것이다.

그 흙먼지 일어나는 역사의 도정 위에서, 지난한 문학의 길 위에서, 윤동주는 상처 입은 역사를 끌어안고, 예술혼을 불태우며 밤이 깊은 조국의 광야를 눈 감고 걷고 싶었던 것이다. 그의 시들을 보면 소리를 높이지 않았으나 울림이 크고, 오열하지 않았으나 슬픔이 더 깊은 이유가 여기에 있다.

또한 기독교 신앙과 세계관을 바탕으로 하여 쓴 대표적 저항시 〈십자가〉가 있다. 〈십자가〉에 대한 두 가지 설이 있는데, 고향의 명동촌 십자가를 생각하며 썼다는 설이 있고, 친구 정병욱과 함께 다녔던 이화여전 구내 형성교회의 십자가를 떠올리며 썼다는 설도 있다. 윤동주는 그 무렵 릴케, 발레리, 지드 같은 작가들의 작품을 탐독하며, 프랑스어를 독습하기도 하였다.

십자가

쫓아오던 햇빛인데
지금 교회당 꼭대기

십자가에 걸리었습니다.

첨탑이 저렇게도 높은데
어떻게 올라갈 수 있을까요.

종소리도 들려오지 않는데
휘파람이나 불며 서성거리다가,

괴로웠던 사나이,
행복한 예수 그리스도에게
처럼
십자가가 허락된다면

모가지를 드리우고
꽃처럼 피어나는 피를
어두워가는 하늘 밑에
조용히 흘리겠습니다.

이 시를 쓴 1941년은 일제의 압제가 최악으로 치닫던 때이다. 그는 조국의 해방을 쫓아오던 햇빛으로 이미지화했다. 물론 역사학자들은 이 해석을 반대하는 경향이 많다. 그래서 쫓아오던 햇빛을 넓은 의미로 "모든 것이 억압되는 현실에 자유가 상실되는 것에 대한 지성의 공포이자 민족적 압제에 대항한 차별철폐의 염원을 담은 것"이라고 해석하려 한다. 왜냐하면 당시 시대 상황으로 볼 때 윤동주가 민족의 독립을 시적으로 드러낼 단계가 못 되었다는 것이다.

그러나 이런 견해는 윤동주의 시를 시대적 상황과 역사 해석의 틀 안에 제한시키려는 우를 범할 수 있다. 그래서 나는 쫓아오던 햇빛을 '해방의 꿈'으로 해석한다. 광복의 축복이 아직은 십자가에 걸려 있다는 것이다. 그런데 첨탑이 저렇게 높으니 올라갈 수도 없어 해방은 우리의 힘으로는 불가능하다는 것이다. 그럼에도 불구하고 해방의 꿈과 길은 오직 저 십자가에 달려 있다는 것이다.

십자가가 무엇인가? 고난의 상징이 아닌가? 그러니까 조국의 독립을 위해서는 우리 민족이 더 많은 고난을 당해야 한다는 것이다. 그런데 만약에 자신에게 그 고난의 영광을 하나님이 허락

하신다면 아낌없이 자신의 꽃처럼 피어나는 젊음의 피를 어두워져가는 하늘 밑, 민족의 제단에 드리겠다는 것이다. 그러더니 그는 결국 조국의 독립을 위해서 후쿠오카 감옥에서 민족의 제단 위에 꽃처럼 피어나는 피를 쏟으며 제물이 되어서 죽었던 것이다. 강희근 교수는 〈십자가〉라는 시에는 두 개의 액자가 있다고 설명한다.

"우리가 예수 그리스도 하면 종교적 금기처럼 굉장히 우러러볼 수 있고 귀하고 거룩한 존재인데 윤동주는 괴로웠던 사나이라고 말한다. 천상의 예수 그리스도를 일상으로 끌고 온 것이다. 지금 조국의 광복이 햇빛으로 오고 있는데 교회 꼭대기에 걸려버렸다. 그러니까 못 가고 있다. 교회 꼭대기에 걸렸다는 것은 결국은 죽음 혹은 희생이라는 것이 수반되어야 한다는 것이다. 그런데 윤동주는 내가 올라가겠다고, 예수처럼 내가 십자가에 희생해야겠다고 고백한다. 그래서 이 시의 특징이 기독교적인 액자가 하나 있고 그 액자에 조국 광복이라는 액자가 또 하나 붙어 있는 것이다."

나 역시 강희근 교수의 견해에 동의한다. 윤동주의 〈십자가〉를 단순히 종교시로만 제한하는 것은 온전한 해석이 아니다. 윤동주에게 있어서 십자가는 예수 그리스도가 자신을 구속하기 위하여 지고 간 희생의 십자가, 즉 믿음의 실체이면서 동시에 주권을 빼앗긴 조국의 독립을 가져다줄 수 있는 역사적 해방의 십자가이기도 하다. 그러므로 그에게 있어 십자가는 개인의 영혼 구원을 넘어서 비극의 수렁에 빠져 신음하는 조국의 역사를 건져줄 진실과 사랑의 정신적 원천이요, 시적 동력이었다.

나는 윤동주의 〈십자가〉를 읽고 너무나 부끄럽고 죄송한 마음에 〈시(詩)의 십자가〉라는 시를 썼다.

시(詩)의 십자가
― 윤동주의 〈십자가〉 시를 읽고

나는 동주의 차갑게 식은 가슴 위에
한 가지 선물을 하고 싶어요
그토록 목 놓아 울며 바라보았던
저 햇빛 걸려 있는 교회당 꼭대기 십자가

끝내 가슴에 안아보지 못하고

머나먼 밤하늘 별이 되어버린

청년 동주의 시퍼렇게 타들어간 육신 위에

사랑의 나무십자가 하나 목에 걸어주고 싶어요

다시는 외로워하지 말라고

다시는 괴로워하지 말라고

다시는 목 놓아 울지 말라고

그토록 사모했던

예수 그리스도의 십자가

그의 곁에 놓아주고 싶어요

야수의 손톱과 발톱에 찢겨나간

검은 하늘에 모가지를 드리우고

꽃처럼 피어나는 보혈의 붉은 사랑 한 줄기

조용히 흘리며 떠난 외로운 사내

동주에게

내 부끄러운 시(詩)의 십자가

눈물로 바치고 싶네요.

결국 윤동주는 훗날 일본에서 사상범으로 체포돼 옥사한다. 조국의 어두워져가는 밤하늘에 시의 십자가를 지고 꽃처럼 피어나는 피를 흘린 것이다. 연세대 신주백 교수는 "저항적 지식인의 유형을 보면 몸으로써 저항의식을 표현하는 사람이 있고 윤동주처럼 지식으로써 표현한 사람도 있는데, 시인 윤동주는 맑은 자아를 가지고 자신과 주변의 세계를 돌아보면서 일본의 지배에 저항한 저항적 시인이었다"고 말한다. 그의 행적을 살펴보고 시를 심층적으로 추적하며 읽으면 읽을수록 일제의 만행에 시로써 저항하였다는 것을 분명히 알 수 있다.

우리 모두는 가슴에
시 한 편 가졌다

한국인이 가장 애송하는 시 중에 첫 번째로 꼽히는 시가 바로 윤동주의 〈서시〉다. 대한민국 국민이라면 누구나 〈서시〉를 안다. 시를 공부하든 공부하지 않든, 문학에 관심이 있든 없든 윤동주의 〈서시〉는 대부분 안다. 그만큼 〈서시〉는 인간의 가장 밑바닥에 깔려 있는 사랑, 진실, 그리움 등의 서정을 담고 있는 너무나 아름다운 서정시다.

그러나 〈서시〉가 쓰인 역사적 배경과 상황을 살펴보면 〈서시〉 역시 단순히 자연의 아름다움과 인간애, 보편적 가치를 노래한 서정시로만 해석해서는 안 된다. 〈십자가〉와 더불어 〈서시〉도 일제의 압제가 가장 극심하던 시절에 쓰였기 때문이다.

서시

죽는 날까지 하늘을 우러러
한 점 부끄럼이 없기를,
잎새에 이는 바람에도
나는 괴로워했다.
별을 노래하는 마음으로

모든 죽어가는 것을 사랑해야지

그리고 나한테 주어진 길을

걸어가야겠다.

오늘 밤에도 별이 바람에 스치운다.

    종교인이 아니라도 윤동주의 〈서시〉를 읽으면 마음이 차분해
지고 정직하고 선하게 살아야겠다는 마음이 든다. 그만큼 서시는
매혹적이고 매력적인 시다. 그런데 사람들은 대부분 〈서시〉에 대
해 보편적 인류애나 가치를 쓴 것으로 생각한다. 그러나 〈서시〉 속
에는 암울한 일제시대를 살아가는 한 청년 시인의 고뇌와 아픔,
민족의 독립을 꿈꾸는 저항정신이 새겨져 있다.

    윤동주는 죽는 날까지 하늘을 우러러 한 점 부끄러움이 없는
삶을 살고 싶어 한다. 그러나 그의 삶은 잎새에 이는 바람에도 괴
로워한다. 나라를 잃어버린 민족의 청년 지식인으로서, 스스로가
부끄러운 것이다. 자신의 이상은 하늘을 우러러 한 점 부끄러움
없는 삶이지만, 비극적인 현실에서는 자그만 바람에도 흔들리는
잎새 같은 유약한 존재로서의 삶이다.

그래서 시인은 섬세하고 순혈적인 자세로 별을 노래하고 모든 죽어가는 것을 사랑하겠다고 다짐하며 고백한다. 죽어가는 민족, 죽어가는 백성, 죽어가는 조국의 하늘과 바람과 별을 끌어안고 자신에게 주어진 길을 걸어가겠다는 것이다. 오늘도 별이 바람에 스치운다는 것은 자신이 추구하는 이상의 세계를 오늘의 괴로운 현실과 시련이 차갑게 스치고 지나간다는 것이다.

청년 윤동주는 조국의 밤하늘이 얼마나 아팠을까. 아니, 하늘마저 빼앗긴 조국의 현실이 얼마나 가슴 저렸을까. 그래서 밤마다 잠 못 들며 괴로워한다. 창문 밖으로 불어오는 바람 소리에도, 잎새의 작은 흔들림에도, 그것마저도 자신의 잘못인 양 자책하며 부끄러움을 느낀다. 그러하기에 더욱더 하늘을 우러러 한 점 부끄러움이 없기를 간절히 기도한다. 그의 〈서시〉가 있었기에, 일제 강점기의 그 칠흑 같은 어둠의 시대에도 민족의 광야 위에 별 하나가 빛날 수 있었다.

윤동주의 〈서시〉는 우리 민족의 문학사에 하나의 축복 같은 시다. 아니, 우리 민족의 가슴에 영원히 지지 않을 불멸의 별빛처럼 빛나는 시다. 시를 사랑하든 사랑하지 않든 전공을 하든 문외한이든 윤동주의 〈서시〉는 모두가 알고 있다. 그런 의미에서 나는 〈서시(序詩), 이후〉라는 시를 썼다.

서시(序詩), 이후

윤동주 이후
우리 모두는 가슴에 시 한 편 가졌다
아무리 시에 관심 없고
문학에 문외한인 사람일지라도
그가 사형수이든 수배자이든
대통령이든 국회의원이든
초호화 재벌이든 폐지를 줍는 노인이든
경찰이든 단속에 쫓기는 노점상이든
꽃처럼 피어나는 소녀이든
막다른 골목 유곽의 외로운 여인이든
콘크리트 숲 회사원이든
지하도에 신문지를 깔고 잠드는 노숙자이든
어머니의 손수건 같은 시 한 편 가졌다

우리의 지저분한 마음을

가혹한 상처를

씻을 수 없는 후회를

위로하고 닦아주는 시 한 편 가졌다

서시(序詩)는 지금도

모든 죽어가는 것들을 사랑하는

우리 가슴속 별이 되어

바람에 스치운다.

그런데 윤동주 탄생 100주년을 기념하는 다큐 촬영을 위해서
일본에 갔더니 '윤동주를 사랑하는 모임'에서도 대부분 다 〈서시〉
를 자연의 서정과 인간의 보편적 가치를 노래한 시로만 알고 있
었다. 일본은 별이 별로 없었다. 별이 있어도 잘 보이지 않았다.
마치 일본 사람들이 동주의 별을 바라볼 때도 편집증적으로 한쪽
시각으로만 보는 것 같았다. 그래서 그분들에게 이런 설명을 하
였다.

"여러분들은 윤동주를 어떻게 이해하셨는지 모르지만 윤동주
는 한 젊음을 고뇌하고 방황하는 순수 서정시인을 넘어서 민족

을 사랑하고 또 양국의 평화를 기원하며 진정한 대한독립을 꿈꾸며 시를 썼던 애국 저항시인이었다. 이런 윤동주의 저항적 시성이 일본에도 꽃 피길 바라고 한일 간에 보이지 않는 아름다운 평화와 화해의 다리가 윤동주의 시를 통해서 이어졌으면 좋겠다."

그랬더니 모두 다 놀라워하며 공감하는 모습을 보았다. 그리고 조선에 대한 미안함과 윤동주를 무참하게 죽게 했던 제국의 만행을 자기 입으로 고백하는 것을 보았다. 윤동주를 기념하는 릿쿄 모임 대표인 야나기하라 야스코는 참회의 말을 남겼다. "윤동주의 〈서시〉에 대해서 새롭게 알게 되었다. 일본인으로서 이처럼 아름다운 영혼을 가진 청년 윤동주를 후쿠오카 감옥에서 옥사시킨 일은 참으로 부끄러운 일이라고 생각한다. 앞으로 윤동주의 시가 한일 간의 진정한 용서와 화해, 평화의 가교 역할을 할 수 있으면 좋겠다."

그날 저녁, 동경에서 별을 보는데 별이 보일 듯 말 듯 분명하게 보이지는 않았다. 그러나 여전히 윤동주의 시를 사랑하는 한일 양국의 사람들의 가슴에서 윤동주의 〈서시〉는 빛나고 있었다. 그런 마음으로 나 역시 시인의 한 사람으로서 〈서시〉를 써보았다.

서시(序詩)

착한 한 마리 양이었기에

항상 님을 향한 순정이 있고

순백의 사랑을 고백했지요

낮에는 초장에서 풀을 뜯고

밤에는 별을 바라보며

잎새에 이는 바람에도 님의 음성을 느꼈어요

그러나 발정기가 시작되면

님의 품을 이탈하고 싶을 때가 있었습니다

어떤 밤에는 표범으로 변신하여

도심의 아파트 베란다를 오르내리며

본능적 사랑을 탐닉하기도 했지요

다시 해가 떠오르면 표범 가죽을 벗어버리고

순박한 양이 되었고요

성전으로 들어가

눈물로 참회록을 쓰며 결단합니다

하늘을 우러러 한 점 부끄럼 없는

삶을 살겠노라고 꼭 주어진 길을 가겠노라고

그랬던 내가 오늘 밤 몽유병에 걸려 또 표범이 되어

아파트 베란다를 다시 기어오를 것입니다

본능의 욕구대로 사랑을 피째 먹으려고요

그러나 다시 헛된 꿈에서 깨어나

표범의 망상에서 초장으로 돌아옵니다

그리고 부끄럽지만 시를 씁니다

오늘밤은 별들이 바람에 스치우며

풀잎의 미소로 나를 향해 웃고 있네요.

감성적 저항과
부끄러움의 미학

〈십자가〉와 〈서시〉의 중간에 쓰인 시가 한 편 있다. 그 시가 바로 〈자화상〉이라는 시다.

자화상

산모퉁이를 돌아 논가 외딴 우물을 홀로 찾아가선 가만히
들여다봅니다.

우물 속에는 달이 밝고 구름이 흐르고 하늘이 펼치고 파아
란 바람이 불고 가을이 있습니다.

그리고 한 사나이가 있습니다.
어쩐지 그 사나이가 미워져 돌아갑니다.

돌아가다 생각하니 그 사나이가 가엾어집니다.
도로 가 들여다보니 사나이는 그대로 있습니다.

다시 그 사나이가 미워져 돌아갑니다.
돌아가다 생각하니 그 사나이가 그리워집니다.

우물 속에는 달이 밝고 구름이 흐르고 하늘이 펼치고 파아

우물을 통해서 자신의 모습을 들여다보는 시인의 모습이 한 폭의 수채화처럼 그려진다. 실제로 윤동주가 보았던 우물은 어떤 우물일까? 고향 용정의 우물일 수도 있고, 연희전문학교 근처의 어느 우물일 수도 있다. 그러나 내가 볼 때는 〈자화상〉이라는 시 속의 우물은 지리적 우물이 아닌, 윤동주의 삶의 현장과 떨어진 이상 세계의 우물이라고 본다.

일제 암흑기를 살아가는 청년 지성으로서 직접 저항의 삶을 살지 못하는 자아에 대한 부끄러움, 미움, 슬픔, 그러나 또 어쩔 수 없이 그 부끄러움을 끌어안고 살아가야 하는 자아에 대한 그리움……. 이 모든 사유와 감정이 복합적으로 상징되는 것이 바로 우물이다.

우물 속에 비치는 사나이가 미워서 떠나간다. 그런데 조금 걷다 생각해보니 그 우물 속 사나이가 가엾다. 그래서 다시 돌아가서 바라보니 또 미워진다. 그런데 이번에도 뒤돌아서 걷다 보니 그 우물 속 사나이가 그리워진다. 그에게 우물은 떠날 수도, 다가갈 수도 없는 내면의 부끄러움과 갈등, 그리움의 공간이다.

용두레 우물에서 윤형주 장로와 함께

이처럼 그는 일제의 억압과 폭력에 맞서는 감성적 저항과 부끄러움의 미학을 보여준다. 〈자화상〉에서는 인간 실존의 원형과 근원을 목말라 하는 깊고 푸른 우물처럼 맑은 시인의 내면을 엿볼 수 있다.

또한 용정의 대표적 독립 저항운동의 상징적인 장소가 일송정이다. 민족의 선각자와 독립운동가들이 일송정의 높은 기상과 절개를 보면서 나라 잃은 슬픔을 달래고 결연한 독립 의지와 이상을 품었다고 한다. 그래서 오죽하면 일본군들이 일송에 총을 쏘고 총알이 뚫고 지나간 구멍에 고춧가루를 넣어서 말라 죽이려고 했다는 것이 아닌가. 윤동주 역시 용정에서 학교를 다니면서 일송정에 올랐거나, 일송정을 보았을 것이다. 윤동주의 기록을 보아도 일송정에 올랐다는 그런 기록까지는 없지만 충분히 추측할 수 있는 일이다.

나도 어린 시절 우리 동네 장법산(해발 500미터)에 올라가는 게 꿈이었다. 그래서 끝내 올라갔다. 또 남원 읍내를 가보는 게 소원이었다. 집에서 15리 정도 되는데 아버지가 장에 가실 때 안 데려가는 것이다. 그런데도 나는 장법산에 올라 남원 읍내를 보았다. 그리고 나중에 혼자 걸어갔다.

일송정의 소나무 그리고 저자

이런 걸로 보아 윤동주가 중학교를 다니던 때든지, 아니면 연희전문학교 시절 방학 때 고향에 와서 올라가 보았을 것이라고 추측할 수 있다. 설사 안 올라갔을지라도 멀리서라도 일송정을 보았을 것이다. 그래서 일송정과 관련된 민족의 저항정신과 독립운동의 얼과 혼이 윤동주의 가슴에 새겨졌을 것이다. 아니, 일송에 부는 바람이 윤동주의 시세계와 정신세계를 스쳐 갔을 것이다.

현 시대는 부끄러움이 사라진 시대다. 도금사회다. 겉은 화려한 금으로 칠한 것처럼 보이나 속은 녹슨 쇳덩이요, 썩고 부스러져가는 목재에 불과하다. 진실한 사랑과 고뇌가 사라져가는 시대다. 지금이야말로 청년 윤동주의 부끄러움의 서정과 고뇌가 필요한 시대가 아닐까. 나는 용정의 일송정에 올라 고뇌가 사라져버린 고뇌의 시대를 아파하며 한 편의 시를 썼다.

고뇌가 사라진 고뇌의 시대

별 하나에 아름다운 말 한마디씩을 부르며
별을 헤아리던 동주의 고뇌

라이너 마리아 릴케, 폴 발레리, 보들레르, 프랑시스 잠…

영혼의 이름들을 소환하며

흙바닥 위에 손가락으로 써 내려가던 시편들

그러나

사무치게 그리운 이름도, 가슴 들뜬 동경의 대상도,

사랑의 아련한 추상과 기다림의 서정도 사라져버린

삭막하고 비정한 도시의 밤거리에서

어느 콘크리트 벽에

다시, 그대의 시를 써 내려갈 것인가

인간의 도시에서 별이 사라진 후부터

우린 불행하게 된 것은 아닐까

잠 못 드는 고뇌의 밤이 소등된 후부터

진정한 사랑의 시를 잃어버린 것은 아닐까

가자, 다시 고뇌의 시대로

저 별들의 무덤 위에

동주가 시를 써놓은 흙먼지 날리는 언덕으로

스쳐가는 바람에도 흔들리는

우리 영혼의 깊은 고뇌,

그 밤이슬 젖은 잎새 사이로.

이런 고뇌로 윤동주는 연희전문을 다니던 1941년, 하나의 시집을 준비한다. 그때 그가 직접 붙인 시집 이름이 '병원'이다. 그러나 〈서시〉를 쓰고 난 뒤, 주변의 권유로 '하늘과 바람과 별과 시'라는 제목으로 바꾸었다고 한다. 이것 또한 윤동주와 서시가 만나게 될 운명이었을까. 그러면 그는 왜 첫 시집 제목을 '병원'이라 하려고 했을까?

병원

살구나무 그늘로 얼굴을 가리고, 병원 뒤뜰에 누워, 젊은 여자가 흰옷 아래로 하얀 다리를 드러내놓고 일광욕을 한다. 한나절이 기울도록 가슴을 앓는다는 이 여자를 찾아오는 이, 나비

한 마리도 없다. 슬프지도 않은 살구나무 가지에는 바람조차 없다.

나도 모를 아픔을 오래 참다 처음으로 이곳에 찾아왔다. 그러나 나의 늙은 의사는 젊은이의 병을 모른다. 나한테는 병이 없다고 한다. 이 지나친 시련, 이 지나친 피로, 나는 성내서는 안 된다.

여자는 자리에서 일어나 옷깃을 여미고 화단에서 금잔화 한 포기를 따 가슴에 꽂고 병실 안으로 사라진다. 나는 그 여자의 건강이—아니 내 건강도 속히 회복되기를 바라며 그가 누웠던 자리에 누워본다.

청년 윤동주는 아프다. 참다 참다 병원을 찾는다. 그러나 늙은 의사는 무슨 병인지 모른다. 그의 아픔과 통증을 헤아리지 못한다. 그저 병이 없다고만 말한다. 그러나 그에게는 너무나 지나친 시련과 피로, 억누를 수 없는 분노의 시절이다. 하지만 성을 낼 수도 없다. 그저 어서 속히 아픔이 사라지고 건강이 속히 회복되기를 기다리며 금잔화 피어난 화단에 누워 하늘을 본다.

아마도 윤동주는 조국이 처한 상처와 아픔의 시대적 현실을 환자들이 모인 병원이라는 공간으로 이미지화하고 싶었을지도 모른다. 그만큼 그가 견뎌내야만 했던 조국의 현실은 아프고 상처받고 병든 시대였기 때문이다.

강희근 교수는 〈병원〉이라는 시를 극찬한다. "시는 어렵고 난해하고 속에 깊은 뜻을 많이 담고 있다고 해서 좋은 게 아니다. 직관으로 바로 이해가 되고 박수가 바로 나올 수 있는 시, 고등학생, 중학생들이 시를 듣고 바로 박수를 치는 그런 시야말로 명시다. 〈병원〉이라는 시를 읽는 것만으로 일제 식민지를 살아야 했던 청년 윤동주의 고뇌와 아픔이 느껴진다."

윤동주의 시들이 많은 사람들로부터 사랑을 받고 지금까지도 애송되는 이유가 바로 여기에 있다. 그는 역사의 암흑 속에서 조국의 상처를 끌어안고 함께 아파하고 신음하며, 누구도 대변할 수 없는 통증의 언어들을 친숙하고 서정적인 시어들로 표현하였다. 가장 탁월한 명시는 벙어리의 사랑 고백과 같다고 한다. 윤동주의 시는 유려하지 않고 현란하지 않지만, 시를 읽는 것만으로 시인의 속 깊은 진실과 절절한 사랑을 만나게 된다.

창씨개명을 할 수밖에
없었던 이유

그런데 윤동주의 삶에 중요한 전환기가 찾아온다. 그는 연전 졸업 후 한 달 반 정도 고향집에 머무르게 된다. 그때 절친한 친구이자, 중국에서 독립운동 활동을 했던 송몽규가 일본 유학을 떠나기로 결심하고, 부친 역시 더 넓은 세계를 보아야 한다면서 일본 유학을 권유한다.

그런데 문제가 있었다. 일본 유학을 가려면 창씨개명을 해야 했기 때문이다.

순결한 영혼으로 문학의 열정을 내밀하게 불사르던 윤동주에게 선택의 순간이 다가온 것이다. 그는 얼마나 깊은 고뇌에 빠졌을까. 아마 밤잠을 설치며 몇 날 며칠을 몸을 뒤척이며 고민하고 또 고민했을 것이다.

그렇게 깊은 고뇌의 밤을 보내던 그는 한 편의 참회록을 써내려 간다.

참회록

파란 녹이 낀 구리 거울 속에

내 얼굴이 남아 있는 것은

어느 왕조(王朝)의 유물(遺物)이기에

이다지도 욕될까

나는 나의 참회(懺悔)의 글을 한 줄에 줄이자

─만 이십사 년 일 개월을

무슨 기쁨을 바라 살아왔던가

내일이나 모레나 그 어느 즐거운 날에

나는 또 한 줄의 참회록을 써야 한다.

─그때 그 젊은 나이에

왜 그런 부끄런 고백을 했던가.

밤이면 밤마다 나의 거울을

손바닥으로 발바닥으로 닦아보자.

그러면 어느 운석(隕石) 밑으로 홀로 걸어가는

슬픈 사람의 뒷모양이

거울 속에 나타나 온다.

구리거울은 투명하고 맑은 거울이 아니다. 흐릿한 거울이다. 그런데 구리거울에 파란 녹까지 껴 있다. 그러니 얼굴이 온전하게 보일 리 없다. 그렇지만 그 흐릿한 구리거울 속에 비친 시인의 얼굴이 욕되게만 느껴진다. 일제시대라는 구리거울 같은 시대 속에서 당당하게 저항하지 못하고 창씨개명까지 해야 하는 자신에 대한 부끄러움과 자책이 〈참회록〉이라는 시에 담겨 있다.

그리고 언젠가 조국의 독립이 이뤄지고 설사 즐거운 날이 온다 해도 시인은 또 한 줄의 참회록을 써야 한다고 고백한다. 자신의 삶에 대한 끊임없는 성찰과 진실을 향한 열망을 표현한 것이다. 그래서 일부에서는 윤동주를 정서적 저항시인, 심미적 저항시인이라고 부르기도 한다. 결국 윤동주는 1942년 1월 19일 연희전문에 '히라누마 도쥬'라는 창씨한 일본식 이름을 제출한다. 일본 유학을 결심한 것이다. 〈참회록〉은 윤동주 시인이 일본 유학을 떠나기 전 고국에서 쓴 마지막 시이기도 하다.

파란 녹이 낀 구리거울 같은 시대 속에서 욕된 젊음의 초상일지라도 선명하게 마주보고 싶었던 순백의 영혼, 그러나 일제강점기라는 야수적 침탈과 오욕의 역사는 그에게 맑고 깨끗한 유리거울을 허락하지 않았다. 그래서 그는 밤이면 밤마다 구리거울을 닦는다. 그 녹이 낀 구리거울 속에 비치는 자신의 모습은 밝고 환한 얼굴이 아니라, 슬픈 사람의 뒷모양이었다. 나라를 빼앗기고 언어를 빼앗기고 이름을 빼앗긴 청년 시인의 부끄러운 자책과 고뇌가 담겨 있다. 그런 윤동주의 마음을 떠올리며 〈동주의 거울〉이라는 시를 썼다.

동주의 거울

나에게 당신의 파란 녹이 낀 구리거울을 주세요
밤마다 손바닥으로 닦으며
눈물로 참회록을 썼다는
당신의 희미한 구리거울을 주세요

날마다 수많은 유리거울 앞에 서면서도
한 점 부끄러움도 없이 살아가는
그 숱한 말의 유희와 성찬을 즐기면서도
단 한 줄의 참회록도 쓰지 못하는
욕된 어느 왕조의 버려진 거울처럼

화인 맞은 양심이 무감각해져서
내 안에 흠과 티를 보지 못할 때
당신의 녹이 낀 구리거울을 주세요

밤이면 밤마다 나를 비추며
손바닥으로 닦고 닦아
유리처럼 맑은 영혼을 빚는
당신의 구리거울을 주세요

그 구리거울에서 나의 모습이 아닌
그대 얼굴이 보여지도록….

당시 일본 유학을 가려면 창씨개명은 필수 조건이었다. 연세대 신주백 교수는 윤동주가 창씨개명을 할 수밖에 없었던 이유에 대해 당시의 역사적, 사회적 배경을 설명한다.

"윤동주가 연희전문학교를 졸업하고 릿쿄대학 영문과로 입학하기 위해서는 두 가지 절차가 필요했다. 하나는 도항증명서가 있어야 했다. 조선에서 일본으로 건너가서 일본에 있는 대학에 입학하기 위해서는 증명서가 있어야 되는데 가장 기본적으로 필요한 것은 성적증명서, 졸업증명서 이런 것들보다도 그의 이름을 바꾸는 것, 즉 창씨개명이었다. 당시 호적의 이름을 일본식 이름으로 창씨개명하지 않고는 일본에 건너갈 수도 없고 릿쿄대학에도 입학할 수 없는 상황이었다.

1940년대 민족운동 지형의 핵심은 이제 곧 건국이 다가온다고 생각하는 사람이 소수였다는 것이다. 그래서 사실상 민족운동을 지도할 만한 지도 세력이 국내에서는 와해된 상황이었다. 이때 사회의 최대 엘리트층이라고 할 수 있는 지식인들, 청년 학생들은 어떻게 해야 할 것인가를 놓고 깊은 고민에 빠졌을 것이다. 시인들 가운데서도 독립을 위해 적극적인 행동으로 나서는 사람들도 있고 또 한편에서는 작품을 통해서 자신의 내면세계를 드러

내거나 주변 사람들의 심정을 대변해주는 사람들도 있었다. 윤동주 같은 경우는 후자에 가까운 내면형의 지식인이었다고 볼 수 있다."

평화로운 계절이
지나가는 거리에서

그런데 이러한 일련의 저항시 위에 또 하나의 위대한 시가 있다. 윤동주는 일제의 폭압과 압제에 시를 쓰며 저항하고 항거했지만 진정으로 고대하고 꿈꾸었던 지향점이 있었다.

그것은 세계열강의 야만적 폭력과 침탈이 사라지고 러시아, 중국, 일본, 대한제국도 함께 평화롭게 어우러져 사는 이상세계를 추구한 것이다. 시인의 내적인 염원을 표현한 시가 〈간판 없는 거리〉라는 시다.

간판 없는 거리

정거장 플랫폼에
내렸을 때 아무도 없어,

다들 손님들뿐, 손님 같은 사람들뿐,

집집마다 간판이 없어
집 찾을 근심이 없어

빨갛게
파랗게
불붙는 문자도 없이

모퉁이마다
자애로운 헌 와사등에
불을 혀놓고,

손목을 잡으면

다들, 어진 사람들

다들, 어진 사람들

봄, 여름, 가을, 겨울

순서로 돌아들고.

　윤동주는 나라와 이념을 초월하여 모퉁이마다 자애로운 헌 와
사당 불빛을 밝히는 간판 없는 거리를 꿈꾸었다. 그곳은 미움과
증오, 살육과 분노의 폭력이 없다. 손을 잡으면 다들 어진 사람들
이다. 봄, 여름, 가을, 겨울이 순리대로 흘러가는 평화와 안식의 거
리다. 윤동주 내면의 가장 심층부에 깔려 있는 기독교적 사랑과
평화를 향한 갈망이 녹아 있다.

　일본 교토여자대학교 우에노 준 교수는 〈간판 없는 거리〉를 평
화를 꿈꾸는 시라고 해석한다. "이 시는 저항시라고 할 수도 없고
독립운동의 정신을 촉발시키는 시라고 할 수도 없다. 이것은 윤
동주 시인이 조국 독립과 해방을 초월해서 전쟁이 없고 이데올로
기적인 대립이 없으며 억압과 폭력이 없는 정말 평화로운 세상을
꿈꾸는 시다."

윤동주는 항일정신을 넘어 온 세상이 평화롭게 사는 희망의 혼을 담은 예언자적 시요, 모든 민족에게 희망과 서광을 비추는 제사장적 위로의 메시지를 주려 했던 것이다. 하지만 그 앞에 기다리고 있는 것은 폭풍이 몰아치는 거리요, 별들마저 눈을 감아 버린 암흑의 밤이었다.

민족의 제단에 시를 제물로 바치다

현해탄의
푸른 물결을 넘어서

    윤동주는 저항시만을 쓴 것이 아니다. 그는 자신의 시 세계가
좁고 황량하다는 것을 알았다. 그래서 아버지의 권고를 받고서
일본 유학을 간다. 나는 고국을 떠나 후쿠오카에 가기 위해 배를
타고 떠나는 윤동주를 생각하며 〈후쿠오카로 가는 배 위에서 1〉
이라는 시를 썼다.

후쿠오카로 가는 배 위에서 1

지금 나는 하늘과 바람과 별과 시를 가지고 후쿠오카로 간다
사랑하는 님은
왜 가느냐고 만류했지만
또 다른 님이 가라고 해서
더 큰 하늘, 더 큰 바람
더 큰 별을 품기 위하여

텅 빈 가슴,

용정의 옥수수밭 위로 쏟아지던

노란 달빛으로 물들이며

어머니의 순결한 옷깃이 찢긴

폐허의 제단

화제(火祭)의 서러운 짐승이 되기 위해서 간다

암흑의 사슬에 묶여 끌려간 조국

잎새에 이는 바람에도 괴로워하며

모든 죽어가는 것을 사랑하기 위해

성벽에 기대어 통곡하던 예레미야

잠 못 드는 별의 제단에

바람의 제물이 되어 스치고

화목의 꽃씨가 되어

조국의 광야에 흩날리기 위하여

현해탄의 푸른 물결 위

불멸의 별이 되어 떠오른다.

당시 윤동주 시인의 삼촌이자 대중가수 윤형주의 아버지인 윤영춘은 유학을 떠나는 윤동주에게 "일본에 가서 절대로 침묵하고 공부에만 전념하라"고 했다고 한다. 드디어 1942년 4월 2일 윤동주는 도쿄에 있는 릿쿄대학 문학부 영문과에 입학한다. 함께 일본 유학을 온 송몽규는 4월 1일 교토제국대학 서양사학과에 입학한다. 사실 윤동주도 교토대학을 지망했지만 송몽규만 합격했던 것이다.

그런데 윤동주 다큐 촬영 중에 만난 야나기하라 야스코(윤동주를 기념하는 릿쿄 모임 대표)를 통하여 릿쿄대학에서의 흥미로운 행적을 알 수 있었다. 그는 릿쿄대학 시절의 윤동주에 관한 이야기를 들려주었다.

"당시 군국주의가 강했던 시기가 릿쿄대학에도 있었다고 한다. 릿쿄대학이 기독교계 학교였던 까닭에 당시 일본 정부의 조치로 배속 장교도 배치되고 군사 교련이 굉장히 강했다. 당시 윤동주를 가르쳤던 다카마쓰 다카하루 교수에게 군사 교련에 관해 물어봤다. 그분은 윤동주의 일본 이름인 히라누마로 기억을 하고 있었다. 당시 윤동주도 군사 교련에 참여했는지, 교련복을 입었는지 질문했더니 그분의 말씀이 윤동주는 교련 수업에 나오지 않은 것 같다

윤동주를 기념하는 릿쿄 모임 대표 야나기하라 야스코

고 하셨다. 일본인 학생도 교련 수업을 거부할 수 없었던 시대였기 때문에 윤동주가 교련 수업을 거부했다는 소문이 있었어도 숨기는 상황이었다. 그러니까 다른 학생들은 윤동주의 교련 거부에 대해 잘 몰랐을 것이다."

그의 증언으로 볼 때 윤동주는 릿쿄대학 시절에 일본의 교련 수업을 거부하였던 것이다. 당시 전쟁을 준비하고 있던 일본은 언제든 징집을 할 수 있게 군사교육을 시키고 있었다. 따라서 교련은 일본인조차 거부할 수 없었던 필수과목이었다. 조선 청년으로서는 엄청난 대가를 치러야 하는 행동이었다.

이에 대해서 호사카 유지 교수(세종대 교양학부)는 다음과 같은 의미를 부여한다. "당시 일본은 전쟁에 참여하는 것이 국민의 의무라고 해서 1940년대 국가 총동원령이라는 것을 반포했다. 그래서 교련을 거부한다는 것은 대단히 중대한 범죄였다. 당시 한국과 일본의 상황은 대단히 비슷했는데 전쟁으로 인해서 국가에 모든 것을 바쳐야 하는 살벌한 분위기가 있었다. 교련 거부를 전쟁을 위해 전력을 다해야 하는 국민의 국가에 대한 반역이라고 보았다. 그래서 윤동주에 대한 감시가 더욱 엄격하게 이루어졌을 것이다.”

그만큼 윤동주의 일본 유학 생활은 보이지 않는 저항과 감시, 속박의 시간이었다. 윤동주는 어쩌면 스스로를 보이지 않는 감옥에 수감시키고 철저하게 심리적 충돌과 저항을 하였는지도 모른다. 그런데 도쿄 릿쿄대학에서의 생활은 6개월 남짓에 불과했다. 그는 무슨 연유에선지 서둘러 학교를 교토에 있는 도시샤대학으로 옮긴다. 교토에서 공부를 하고 있던 송몽규의 권유 때문인지, 아니면 교토에 와야 할 또 다른 이유가 있었는지는 모르지만 윤동주 인생의 바다에 격랑의 밤이 다가오고 있었다.

도시샤대학 교정의
서시(序詩)

윤동주는 도시샤대학을 다니면서부터 송몽규와 더 가깝게 교

윤동주의 도시샤대학교 동문
기타지마 마리코(99세)와 함께

류하며 독립운동의 불씨를 점화시킨 것으로 보인다. 일본에서 다큐 촬영을 하면서 윤동주와 함께 도시샤대학교를 다녔던 기타지마 마리코라는 할머니를 만날 수 있었다.

그분에게 윤동주 시인을 처음 만났을 때 어떤 느낌을 받았는지 기억하시느냐고 물었더니 이런 말씀을 하셨다.

"윤동주는 굉장히 조용하고 상냥한 분이셨다. 언제나 얼굴에서는 좋은 인상을 띤 분이셨다. 조국의 독립을 위해 싸우고 저항시를 썼다는 것을 전혀 몰랐다. 나중에 형무소에 들어갔다는 이야기만 들었지 누구도 말해주지 않아서 그 후로 소식을 전혀 몰랐다."

도시샤대학교 윤동주
추모 시비 앞에서
방명록을 쓰며

　도시샤대학 교정에는 1995년 윤동주를 사랑하는 일본인들이
앞장서 만든 윤동주 추모 시비가 세워져 있다. 그곳에는 식민지
조선 청년의 고독이 담긴 〈서시〉가 새겨져 있다.

　〈서시〉가 새겨진 윤동주 추모 시비를 보자 가슴이 뭉클했다.
일본 유학 시절 고국을 그리워하며 시를 공부하였을 시인을 생각
하니 눈시울이 촉촉해졌다.

　대한민국 국민의 한 사람으로서, 시인으로서, 목회자로서 그를
그리워하고 추모하는 마음으로 방명록에 감사의 인사를 적었다.
윤동주의 시가 대대로 일본인들에게 전해지고 또 읽힌다는 것이
고마우면서도 애잔한 마음이 들었다.

　윤동주는 잊힌 과거의 이름이 아니다. 시인은 죽지 않는다. 모
든 사람은 죽으면 그 이름 앞에 고(故) 자를 붙인다. 그런데 시인

들만큼은 고(故) 자를 붙이지 않는다. 결코 고 윤동주라고 부르지 않는다. 왜냐면 그의 육신은 떠났지만 그의 시와 순결한 영혼은 여전히 살아서 사랑과 용서, 평화의 메시지를 전하고 있기 때문이다.

윤동주의 일본 재판 기록을 보면 그가 유학 중에 조선 독립을 위한 글을 쓰고 시를 쓰며 공모를 하다가 일본 경찰에 잡혀 들어간 걸로 나와 있다. 그러나 윤동주는 도시샤대학에서 함께 공부를 하였던 동기들조차 전혀 모를 정도로 과묵하고 조용하게 독립운동을 준비하였던 것을 알 수 있다.

그의 원래 성품이 조용하고 부드럽기도 했지만, 아마 조국을 등지고 살아야 했던 부끄러움과 죄책감을 가지고 전혀 티를 내지 않고 침묵으로 일관하며 참회록을 쓰는 마음으로 묵묵히 저항운동을 했던 것 같다. 일본 유학 시절 중에 쓴 〈쉽게 씌어진 시〉를 보면 당시 그의 부끄러움과 고뇌로 점철된 내면을 엿볼 수 있다. 윤동주는 감옥에 수감된 이후에 시를 남기지 않았다. 그래서 〈쉽게 씌어진 시〉는 그가 쓴 마지막 시가 되었다.

쉽게 씌어진 시

창밖에 밤비가 속살거려
육첩방(六疊房)은 남의 나라,

시인이란 슬픈 천명(天命)인 줄 알면서도
한 줄 시를 적어볼까,

땀내와 사랑내 포근히 품긴
보내주신 학비 봉투를 받아

대학노─트를 끼고
늙은 교수의 강의 들으러 간다.

생각해보면 어린 때 동무를
하나, 둘, 죄다 잃어버리고

나는 무얼 바라

나는 다만, 홀로 침전(沈澱)하는 것일까?

인생은 살기 어렵다는데
시가 이렇게 쉽게 씌어지는 것은
부끄러운 일이다.

육첩방은 남의 나라
창밖에 밤비가 속살거리는데,
등불을 밝혀 어둠을 조금 내몰고,
시대처럼 올 아침을 기다리는 최후의 나,

나는 나에게 작은 손을 내밀어
눈물과 위안으로 잡는 최초의 악수.

　　이 시는 일제 치하에서 압제당하며 살아가는 고국의 동족들을
생각하면서 쓴 시였다. 오늘날로 말하면 금수저로 태어나 일본
유학을 가서 시를 쓰고 있는 자신의 모습이 너무 사치스럽고 미
안하게 느껴진 것이다. 그래서 마침내 청록파 시인과 같은 마음

이 느껴졌을지도 모른다.

　윤동주는 1942년 가을 교토 도시샤대학교에 입학하여 이듬해 검거되기까지 1년 남짓 공부를 하였다. 당시 유학생 윤동주의 모습은 알려진 것이 없다. 그러나 늘 경찰의 감시를 받았던 것으로 보인다. 북간도 항일운동의 근간인 명동촌 출신, 더욱이 독립운동으로 검거된 적이 있는 송몽규를 비롯해, 조선인 유학생들과 자주 어울리던 윤동주는 경찰의 요시찰 대상이 되었던 것이다.

꽃을 든 남자 윤동주,
총을 든 남자 송몽규

　도시샤대학에서 일본 유학 중이었던 윤동주는 고종사촌이자 가장 친한 친구였던 송몽규를 운명적으로 만나 함께 독립운동을 모의한다. 윤동주가 저항적 시를 통하여 시대에 항거하고자 했던 꽃을 든 남자라면, 그의 고종사촌인 송몽규는 뛰어난 수재임에도 불구하고 은진중학교를 중퇴하고 당시 김구가 설립한 낙양군관학교에 입학한 총을 든 사나이다.

당시 낙양군관학교는 100여 명의 조선인 학생이 군사교육을 받는 곳이었다. 그래서 그때부터 송몽규는 끊임없는 일본의 감시를 받게 된다. 윤동주가 신앙심이 깊고 내성적이며 서정적인 사람이었던 반면에 송몽규는 외향적인 데다가 좌익사상을 받아들여서 노골적으로 독립운동뿐 아니라 사회 변혁을 꿈꿨던 사람이다.

게다가 송몽규는 윤동주보다 먼저 동아일보 신춘문예에 당선이 되어 등단하였고 공부도 잘하는 천재였다. 거기에 비해 윤동주는 곱상하게 생기고 반듯하기는 했지만 송몽규를 넘어서지는 못하는 노력형이라고 할 수 있었다. 그래서 그는 애국 저항의식을 담은 순수 서정시를 썼지만 항상 송몽규 앞에서는 시를 쓰는 것도 부끄러워했다.

그런 윤동주의 마음을 알았는지 〈동주〉라는 영화에서, 송몽규는 "너는 시를 써라, 총은 내가 들 거니까"라고 말하면서 동주의 마음을 다독여주는 장면이 나오기도 한다. 윤동주는 일제 식민시대에 송몽규처럼 독립운동을 직접 행동으로 보이진 않았지만 계속해서 시적 상징과 은유를 통한 저항시를 쓴다. 그러나 그 마음에 드리운 그 부끄러움의 그림자를 지울 수는 없었다. 나 역시 그를 통하여 시를 쓴다는 것에 대해서 다시 생각하게 되었다.

시를 쓴다는 것은

- 〈윤동주, 달을 쏘다〉를 보고

나도 부끄러운 마음으로 시를 쓴다

누가 내 시를 읽어나 줄지

노래해줄 사람이 한 사람이라도 있을지

그래도 나는 시를 쓴다

몇 번이나 고치고 고쳐봐도

부끄럽기만 한 시

그래도 부끄러운 시를 쓴다

시는 나에게 무엇인가

부끄러움, 고통, 눈물, 잔인한 사명

그리고 가시 찔린 사랑…

그래서 시를 쓴다는 것은

때론 청춘의 입술이 입맞춤하고

꽃잎과 꽃잎이 마주하며 별들로 사랑을 속삭이게 하는 것

고뇌하면서 어두운 밤을 밝히고

부끄럽지만 시대를 깨우는 것

언젠가는 그 고뇌와 부끄러움이 생명으로 부활하고
찬란한 부활의 언덕에서
시의 애가(愛歌)가 산야에 아리아로 울려 퍼지리니
아, 고뇌여 부끄러움이여 생명과 사랑이여
그러기에 낮에는 해바라기가 되고
밤엔 달맞이꽃이 되어
끊임없이 태양의 찬란한 연가(戀歌)를 쓰고
별들과 함께 황홀한 월광곡(月光曲)을 노래하리라.

　　그래서 그는 항상 시 속에서 부끄러움의 미학을 보여준 것이
다. 윤동주는 부끄러운 마음이 찾아올 때마다 하늘의 별을 보았
다. 별을 보면서 별에 사랑을 새기고 순결을 새기고 저항을 새겼
다. 나라를 빼앗긴 시인의 고뇌와 번민, 애국심과 저항의식을 순
수서정시에 담아 묘사했던 것이다. 윤동주는 릿쿄대학 영문과에
들어갔다가 다시 1942년 도시샤대학에 입학하여 송몽규와 재회
한다. 그리고 함께 도시샤대학을 다니던 중에 1943년 7월 14일

독립운동을 모의했다는 이유로 체포된다. 송몽규가 먼저 시모가
모 경찰서에 독립운동 혐의로 검거된다. 그때 송몽규가 모진 고
문을 못 이기고 윤동주도 함께 모의했다고 자백을 해버린다. 그
래서 윤동주 역시 송몽규와 같은 혐의로 체포된 것이다. 사상범
으로 분류된 두 사람은 치안유지법 위반으로 재판에 넘겨진다.

그런데 윤동주는 경찰서에 갇혀서도 끝까지 동료들의 이름을
자백하지 않았다. 송몽규가 실천적인 저항성은 강했지만, 저항의
정신과 의지는 윤동주가 더 강했다고 볼 수 있다. 송몽규가 다른
동료들의 이름을 자백한 것을 알고서도 윤동주는 끝까지 송몽규
를 탓하지 않고 침묵으로 자백을 한 것이다. 나는 이때 윤동주의
가슴속에 들어가 송몽규에게 보내는 서간문 시를 썼다.

송몽규에게

- 〈동주〉 영화를 보고

몽규야,

후쿠오카 감옥 창살 너머 빛나는 별을 너도 보고 있는가

심장은 차갑게 식어가고

손끝은 송곳이 찌르는 듯 아려오지만

두 눈은 왜 끝없이 젖는지

너의 이름을 부를 때마다

눈물이 심장을 적신다

우리가 함께 어깨동무하고 걷던

명동의 밤길엔 바람이 수수밭을 흔들어대며 춤을 추었고

용정의 우물가엔 반달이 웃음 짓고 있었지

네가 산문의 담을 자유롭게 넘나들고 있을 때

난 시의 문지방도 넘지 못하고 허덕거렸지만

난, 너의 등을 보며 촛불을 끄지 않았다

몽규야,

너와 함께 걷던 연희전문학교 교정

우린 왜 스무 살 청춘의 봄을 빼앗겨야만 했는가

왜 펜이 아닌 총을, 꽃이 아닌 돌을 들어야만 했는가

아카시아 향기 그윽한 봄밤의 담벼락 아래서

왜 가슴 시린 사랑 고백 한 번 못 하고

황홀한 입맞춤 한 번 하지 못한 채

늑대의 밤거리를 쫓기고 쫓겨 다녀야 했는가

너는 시를 써라, 총은 내가 들 거니까…

나를 문학의 피안으로 밀어 넣고

혼자 빼앗긴 산야를 되찾으러 떠나려 했던 너

난 너를 떠날 수 없었고

넌 나를 잊을 수 없었다

현해탄을 건너 도쿄로 다시 교토로

그리고 우리의 마지막 이별을 위한

후쿠오카, 아, 그 죽음의 땅 후쿠오카…

너와 나의 만남은 서글픈 죽음을 위한 숙명이었는지

너는 바늘이고 난 실이었나

너의 자백을 통하여 마지막으로 준 선물이

더 이상 별을 볼 수 없는 죽음의 밤이었는지

그러나 몽규야,

우리가 밧줄에 손이 묶여 서로를 안을 수 없을지라도

우리도 모르는 주사액이 혈관의 피를 굳게 하여

더 이상 뜨거운 숨결로

서로의 이름을 부를 수 없을지라도

난, 너의 자백을 원망하지 않는다

너와 함께 용정에서부터 후쿠오카까지 걸어온

그 모든 삶의 순간과 추억을 후회하지 않는다

넌 나의 분신이고 또 다른 심장이며

하나밖에 없는 벗이었기에

몽규야,

아마, 나의 이 마지막 시가 다 끝나기 전

난 펜을 놓을지도 모른다

그러나 나의 심장이

후쿠오카 감옥 창살 아래서 차갑게 식어갈지라도

어찌 너의 이름을 지울 수 있겠는가

몽규야,

우리 별이 되어 만나자

빼앗긴 산야에도 봄은 오고

조국의 깊은 밤에도 붉은 새벽빛이 아스라이 밝아오리니

그 황홀한 새벽빛 머금고

용정의 우물 한 모금 목 타는 가슴에 축이며

다시, 우리 머나먼 조국의 봄길 어디선가 꽃씨가 되어 만나자

그래서 조국 산야에 꽃이 되고 꽃이 되자.

당시 일본법원이 판단한 윤동주의 죄목은 무엇이었을까? 재판
판결문에 윤동주의 주장을 행적으로 자세히 기록하였다.

윤동주 재판 판결문

"일본의 전쟁 병력 동원을 막기 위해서는 먼저 조선 민족을 해방시켜야 하고 조선이 일본의 통치로부터 벗어나기 위해서는 조선을 독립국가로 건설하는 수밖에 없다."

호사카 유지 교수는 다음과 같이 판결문의 의미를 설명한다. "윤동주는 일본의 조선 통치는 민족의 민족성을 멸망시키는 것이기 때문에 결과적으로 조선 민족을 일본의 통치로부터 벗어나게 해서 독립국가를 건설하지 않으면 안 된다고 생각하였다. 윤동주가 그런 사상과 의식을 가지고 조국 독립을 주장한 것이 하나의 죄상이 되었다."

판결문에는 크게 세 가지 범죄 사실이 기록돼 있다.

첫째, 조선인에 대한 일본의 징병 제도에 관하여 송몽규와 비판적인 토론을 하고 그 제도에 대해서도 강한 비판을 하며 조선 독립 실현을 논의했다.

둘째, 조만간 일본의 전력이 약화될 수도 있으니 조선을 이끌어갈 새 지도자가 필요하고 조선 독립 달성을 위한 궐기를 해야 한다는 모의와 격려를 했다.

셋째, 일본은 윤동주가 시인이라는 것을 이미 파악했던 것으로 보인다. 윤동주가 독립운동에 대한 의식을 배양하도록 조선 사람들의 조선 문화 앙양 및 민족의식을 고취시켜야 한다고 결의하였다.

윤동주는 일본이 반드시 패망할 것으로 믿고 있었고 언젠가는 그 기회를 잡아서 반드시 조선은 독립해야 한다는 신념을 갖고 있었다. 그렇기에 일본 정부 입장에서는 위험한 인물이 아닐 수 없었다. 결국 윤동주는 1944년 3월 31일 당시 치안유지법 위반자로서는 가장 무거운 형량인 징역 2년형을 선고받고 투옥됐다. 송몽규 역시 같은 형을 받았다. 기록에 의하면 당시 검사는 3년을 구형했다.

이러한 일련의 행적을 보면, 윤동주는 자신이 갖고 있는 시의 능력을 통해서 조선의 문화를 부활시키기를 원했으며, 그러기 위해서 조선이 일본으로부터 독립해야 한다고 주장한 독립운동가였다는 것이다.

그때 일본 이시이 히라오 부장판사가 윤동주가 죽어가는 것이 너무 안타까워서 자신의 행위를 한 번만 부인하면 목숨을 구해주겠다고 회유하고 사정을 하기까지 하였다. "너는 잘못이 없다. 죽

후쿠오카 형무소

현재 아파트 단지로 변한 후쿠오카 형무소

후쿠오카 형무소가 있던 자리에 지금은 아파트가 있다.

을 만큼 큰 죄를 지은 것도 아니다. 그러니 한 번만 독립운동을 하려고 했던 것이 아니라고 말해라. 그러면 목숨은 건질 수 있다."

그래도 윤동주는 끝까지 부인하지 않고 감옥을 선택했다. 어쩌면 융통성이 없는 사람이었다.

후쿠오카 감옥에 가서 생체실험을 당하면서도 윤동주는 끝까지 조국과 기독교 신앙에 대한 일편단심의 마음을 가지고 행동을 했다.

별빛이 내린 언덕 위에 쓴 이름,
동주

윤동주도 사람인데 왜 살고 싶은 마음이 없었겠는가? 고향 어머니에 대한 그리움이 없었겠는가?

그래서 그는 후쿠오카 감옥에서 쓴 시는 아니지만 연희전문을 다니면서 썼던 〈별 헤는 밤〉이라는 시를 떠올리며 고향과 어머니에 대한 그리움에 사무쳐 한 줄기 뜨거운 눈물을 흘렸을지도 모른다.

별 헤는 밤

계절이 지나가는 하늘에는
가을로 가득 차 있습니다.

나는 아무 걱정도 없이
가을 속의 별들을 다 헤일 듯합니다.

가슴속에 하나 둘 새겨지는 별을
이제 다 못 헤는 것은
쉬이 아침이 오는 까닭이요,
내일 밤이 남은 까닭이요,
아직 나의 청춘이 다하지 않은 까닭입니다.

별 하나에 추억과
별 하나에 사랑과
별 하나에 쓸쓸함과
별 하나에 동경과

별 하나에 시와

별 하나에 어머니, 어머니,

어머님, 나는 별 하나에 아름다운 말 한마디씩 불러봅니다.
소학교 때 책상을 같이했던 아이들의 이름과, 패, 경, 옥 이런
이국 소녀들의 이름과, 벌써 애기 어머니 된 계집애들의 이름
과, 가난한 이웃 사람들의 이름과, 비둘기, 강아지, 토끼, 노
새, 노루, 프란시스 잠, 라이너 마리아 릴케, 이런 시인의 이름
을 불러봅니다.

이네들은 너무나 멀리 있습니다.

별이 아슬히 멀 듯이,

어머님,

그리고 당신은 멀리 북간도에 계십니다.

나는 무엇인지 그리워

이 많은 별빛이 내린 언덕 위에

내 이름자를 써보고,

흙으로 덮어버리었습니다.

딴은 밤을 새워 우는 벌레는

부끄러운 이름을 슬퍼하는 까닭입니다.

그러나 겨울이 지나고 나의 별에도 봄이 오면

무덤 위에 파란 잔디가 피어나듯이

내 이름자 묻힌 언덕 위에도

자랑처럼 풀이 무성할 게외다.

    후쿠오카 감옥 창살 사이로 비치는 달빛과 별빛을 보면서 조국을 그리워하고 고향의 어머니를 그리워했을 윤동주를 생각하면 이루 말할 수 없는 슬픔과 죄송한 마음이 폐부 깊숙이 파고든다. 우리 모두는 윤동주에게 빚을 지고 있는 것이다. 그래서 내가 윤동주 안으로 들어가고 윤동주가 내 안으로 들어오면서 일체화된 마음으로 그를 추모하는 시를 한 편 한 편 쓰기 시작했던 것이다. 나는 후쿠오카 감옥에 갇혀 있었던 윤동주의 마음속에 들어가서 그 당시의 심정을 대변하는 시를 썼다.

명동촌의 겨울

명동촌 산야에 겨울이 오면

하얀 소쿠리 동네 안으로 토끼들이 살금살금 다가오고

멧돼지들이 씩씩거리며 달려올 때

겁도 없는 아이들

나뭇가지 꺾어 들고 소리 지르며 뛰어갔지요

나도 토끼 잡고 싶어서

멧돼지 구경하고 싶어서

맨 앞에서 숨이 차도록 달리고 또 달렸어요

그러나 지금 나는 조롱에 갇힌 새가 되어

후쿠오카 감옥 창살 사이로 몰아치는

하얀 눈보라를 젖은 눈으로 보고 있어요

비록 내가 불새가 되어

헌해탄을 날아 명동까지 간다 해도

토끼를 잡으러 뛰어갔던

나의 하얀 발자국은 남아 있을까요

내가 지우지 않아도

바람과 이슬과 안개가 아닐지라도

누군가가 지웠겠지요

그러나 하얀 설원에 찍었던 나의 발자국과 체취는

내 안에 고스란히 남아 있어

나는 오늘도 명동의 겨울로 가고 있다가

그리고 언젠가 저 하늘의 새가 되어

겨울을 넘어 더 멀고 기나긴 겨울로 날아가게 되면

나의 지친 날개

명동촌의 겨울산 어느 나뭇가지라도 좋으니

그 위에서 잠시만 쉬게 해주세요.

윤동주 다큐 촬영을 위해 일본에 가서 느낀 것은 일본의 밤하늘엔 윤동주의 별이 없다는 것이다. 물론 천문학적인 별은 있지만 윤동주가 바라보던 자유와 평화, 사랑의 별이 없었다. 그러니까 일제가 야만적 식민 정책을 펼치고 생체실험을 하고 무자비하게 우리 민족을 괴롭힌 것이다.

일본을 방문하였을 때 히메지 시에 있는 독쿄대학 문학부 교양수업 시간에 윤동주 시인을 공부한다고 하여서 방문한 적이 있다. 그곳에서 일본 학생들에게 이런 이야기를 들려주었다.

"여러분들은 윤동주를 어떻게 이해하셨는지 모르지만 윤동주는 한 젊음을 고뇌하고 방황하는 시인을 넘어서 민족을 사랑하고 또 양국의 평화를 기원하며 진정한 대한독립을 꿈꿨던 애국 저항 시인이었습니다. 이런 윤동주의 시성과 사상이 일본 청년들의 가슴에 꽃 피길 바랍니다. 그래서 윤동주 시인을 좀 더 폭넓게 이해하며 한일 간에 보이지 않는 아름다운 평화와 화해의 다리가 놓여졌으면 좋겠습니다."

윤동주에 관한 이야기를 들은 일본 학생들은 지나온 일본의 역사를 반성하고 윤동주의 시 정신이 한일 간의 사랑과 용서, 평화의 다리를 놓은 가교 역할이 될 수 있기를 기원하였다. 스가와라 세나라는 학생은 "10년 전과 지금의 언어도 다른데 1940년대 윤동주가 쓴 그때의 시 언어가 지금도 전달이 된다는 것이 굉장

일본 독쿄대학에서 강의를 하며

하다고 생각된다"고 하였다.

　또한 코시 아사카라는 학생은 "윤동주의 삶을 돌아볼 때 그에
비하여 내 삶이 너무 사치였구나 하는 생각이 들었다"라는 소회를
밝히기도 하였다. 그리고 츠보네 유키라는 학생은 "젊은 나이에
죽은 윤동주의 삶을 통해 일본인에 대한 한국인의 깊은 마음을 알
게 되었고 윤동주에 대해 더 공부하고 싶어졌다"라고 하였다.

　윤동주는 후쿠오카의 감옥에서 참혹한 죽음을 맞고 한 줌 재가 되었지만 그의 시는 사멸되지 않고 밤하늘의 별이 되었다. 그리고 그 별은 지금도 한일 양국의 청년 지식인들의 가슴에 사랑과 용서, 희망의 별이 되어 떠 있다.

다시, 별 헤는 밤을 위하여

윤동주 시 세계를 추적하며 그의 내면으로 들어가 평전시를 쓴 이유가 있다. 윤동주는 후쿠오카 감옥에서 시를 쓸 수 없었다. 일주일에 볼펜과 엽서 한 장만 주어졌다. 그리고 모든 글을 검열하였다. 그래서 부모님에게 편지를 쓰는 것밖에 할 수 없었다. 그는 감옥에서 시를 남기고 싶어도 남길 수가 없었다.

그래서 내가 윤동주를 대변하고 싶은 마음에 때로는 동주가 내 안에 들어오고, 내가 동주 안에 들어가면서 시적 화자와 일체화를 이루며 한 편 한 편 시를 써 내려갔다. 그리고《다시, 별 헤는 밤》이라는 윤동주 탄생 100주년 기념 평전시집을 출판하게 되었다. 그동안 윤동주에 관한 책들은 많이 나왔지만 그의 삶을 내밀하게 추적하며 쓴 평전시집은 처음이었다.

마침내 윤동주는 1945년 2월 16일 후쿠오카 감옥에서 생체실험 주사를 맞고 한 줌의 재가 되었다. 일본은 바다의 증류수 주사를 몸에 놓았다고 발표하였다. 그러나 그가 어떤 주사를 맞고 죽었는지는 아무도 모른다. 조사 과정에서 잘못했다는 말 한마디만

윤동주 탄생 100주년 기념 시집
《다시, 별 헤는 밤》

했어도 살 수 있었는데 그는 끝까지 조국을 향한 순혈적 지조를 지켰다. 그리고 죽었다. 한마디로 광복을 위한 민족의 제단에 거룩한 화제로 죽은 것이다. 그의 마지막 심정을 대변하는 마음으로 〈후쿠오카 감옥에서 2〉라는 시를 썼다.

후쿠오카 감옥에서 2

용정의 갈대들에게 흔들리지 말라고 속삭였는데
정작 흔들리고 있는 갈대는 나입니다
바람이 옥문의 창을 스칠 때
한 점 부끄러움이 없기를 바랐건만
그래도 흔들리면서도 꽃을 피우고

상처를 입으면서도 순정을 지키려는
붉은 노을에 기대어 잠든 하얀 갈대

부서지면서 빛나는
침묵하면서 노래하는
어둠 내린 강가에 홀로 서 있는
외롭고 가련한 갈대의 서시(序詩)

머나먼 조국
애타는 그리움은 어느 밤하늘 별로 떠오르고
사랑하는 십자가 제단의 제물로 헌상이 되어
버려진 제사장이고
말 못 하는 예언자일지라도
오늘도 시의 제단에
시든 꽃 한 송이
남루한 제물로 드리리.

그가 한 줌의 재가 되어서 고향 용정으로 돌아올 때 그의 부모

의 심정은 얼마나 처참했겠는가. 온 동네 사람들이 줄을 서서 윤
동주의 죽음을 슬퍼하며 맞이했다고 한다. 명동촌의 봄, 여름, 가
을, 겨울, 그 아름다운 사계를 시인의 눈동자로 바라보며 순수 서
정시를 쓰고, 사랑과 평화의 시를 쓰고 싶었던 소년 윤동주는 일
제의 야수적 압제와 침탈에 맞서 싸우다 결국 민족의 제단에 시
를 제물로 바치고 한 줌 재가 되어 돌아온 것이다. 나는 그때 윤동
주의 귀향을 생각하며 〈별의 개선〉이라는 시를 썼다.

별의 개선

아버지의 따뜻한 품에 안겨

귀향을 합니다

나를 보고 슬퍼하지 마세요

한 줌의 재가 되었지만

또 다른 별이 되어 개선을 하잖아요

요절한 내 백골의 일부를 현해탄에 뿌렸다오

지금 건너는 이 두만강 다리처럼 나의 백골이 현해탄에

화해의 다리로 이어지도록 반 줌의 중보가 되려 합니다

나를 양지바른 교회의 동산에 묻어주세요
조롱의 새가 자유를 기다리듯
거기서 부활을 꿈꾸겠습니다
시들어야 할 운명의 꽃, 숙명의 별로 살아왔지만
자유의 꽃으로 부활하고
선구자의 별로 떠올라
용정의 하늘에 반짝이고
조선의 하늘을 비추어
더 많은 별들의 시인이 나오게 하겠습니다.

윤동주의 무덤에
푸른 뗏장을 입히며

나는 이미 용정을 한두 번 간 것도 아니지만 윤동주 시인 탄생
100주년을 맞아 다시 한 번 그의 시 정신을 기리는 의미에서 용

윤동주 생가 입구의 표지석 앞에서

정을 찾았다. 특별히 윤동주 시인의 무덤을 찾아 헌화하고 싶어
서 갔다. 그런데 명동촌 윤동주 생가에 도착하였을 때, 적잖이 당
황하였다. 집 앞에 놓인 큰 표지석에 한글과 중국어로 이렇게 쓰
여 있었기 때문이다. "중국 조선족 애국시인 윤동주 생가 中國 朝
鮮族 愛國詩人 尹東柱 故居."

윤동주는 어느새 중국에 속한 조선족 시인이 되어 있었다. 중
국 정부에서 윤동주 생가를 정성스럽게 보존하고 관리하는 것을

보니 고마운 마음이 들기도 하였다. 그러나 한편으로는 우리의 민족사에 별처럼 빛나는 위대한 시인을 빼앗긴 것은 아닌가 하는 의문과 안타까운 마음이 들기도 하였다. 그들은 윤동주의 문화예술적 자산을 자신들의 문화유산으로 삼으려고 하는 듯 보였다.

그런 아쉬움과 회한의 마음을 안고 윤동주의 무덤을 찾았다. 사실 윤동주 무덤 최초 발견자도 한국 사람이 아닌 일본 사람이라고 한다. 그 말을 듣고 너무나 가슴이 아프고 부끄러운 마음이 들었다. 일본인 오무라 마스오(와세다대 명예교수)는 한국문학 전공자로서 1985년 연변대학 교환교수로 갔다. 그리고 그해 5월 잡초와 흙더미로 덮인 산자락을 누비며 윤동주의 무덤과 비석을 찾아냈다고 한다. 이 얼마나 부끄러운 일인가. 한국인들마저 망각하고 방치하였던 윤동주의 무덤을 일본인 학자가 찾아낸 것이다.

그런데 더 충격적이었던 것은 윤동주의 무덤을 찾았을 때였다. 그의 무덤은 야산에 버려져서 완전히 방치된 상태였다. 정말 풀 한 포기 없는 민둥산이 되어 있었다.

나는 그 모습을 보자 너무나 마음이 아팠다. 생전에도 외롭고 쓸쓸하게 살다가 시인이 죽은 이후에도 이렇게 외롭게 버려져 있구나 생각하니 더 애처로운 마음이 들었다. 주변의 다른 무덤들

풀이 없는 윤동주 무덤에 헌화하며

은 그래도 조금이라도 풀이 자라 있는데 윤동주 무덤은 이상하게 풀 한 포기 없이 벌거벗은 상태였다.

그의 무덤이 우리나라에 있었다면 그렇게 방치되어 있겠는가. 중국에 있기 때문에 아무도 돌봐주지 않아 헐벗은 무덤이 된 것이다. 명동촌 생가를 관리하는 중국인에게 무덤이 왜 저렇게 방치되어 있는 것이냐고 물어봐도, 자기들은 생가만 관리하지 무덤은 모르는 일이며 자기들의 일도 아니라는 답변만 들었다.

그래서 가이드에게 당장 펫장을 입힐 수 있도록 해달라고 했다.

그런데 우리나라도 아니고 중국이라 쉬운 문제가 아니었다. 가이드도 머뭇거리고 뗏장을 입히는 업자도 쉬운 문제가 아니라고 하는 것이다. 그래도 나는 어떻게든지 빨리 뗏장을 입혀주고 싶었다. 왜냐면 대한민국의 한 국민이자 후배 시인의 한 사람으로서 윤동주 시인의 벌거벗은 무덤 앞에서 국민적 자존심이 상한 것이다.

우리 조국의 독립을 염원하며 끝까지 시를 통해 싸웠던 항일 시인이고 애국자 중의 애국자였는데 그의 무덤이 이렇게 버려져 있으면 되겠는가? 그래서 "돈이 얼마가 들어가도 좋으니까 빨리 좀 일을 진행해주라"고 부탁하고 돌아왔다. 그리고 윤동주 시인의 육촌 동생인 윤형주 장로와 함께 다시 용정으로 향하였다. 그리고 심양에서 부랴부랴 가져온 푸른 뗏장을 입히는데 마음이 얼마나 흡족했는지 모른다.

윤형주 장로는 가족들도 하지 못한 일을 해주셔서 너무나 감사하다고 인사를 하였다. 그리고 윤동주의 무덤 앞에서 이런 이야기를 하였다.

"〈별 헤는 밤〉의 마지막에 보면, 그러나 겨울이 지나고 나의 별에도 봄이 오면 무덤에 파란 잔디가 피어나듯이 내 이름자 묻힌 언덕 위에도 자랑처럼 풀이 무성할 게외다, 라고 했는데 오늘 소

푸른 뗏장이 입혀진 윤동주 무덤

뗏장이 입혀진 무덤 앞에서 윤형주 장로와 함께

강석 목사님께서 그 무성한 풀을 입혀주셨어요. 그래서 오늘 동주 형님이 저 하늘에서 새 옷을 입고 얼마나 좋아하실까 하는 생각이 드네요."

윤형주 장로는 뗏장을 입힌 후 윤동주 무덤 앞에서 자신이 작곡한 〈윤동주 님께 바치는 노래〉를 기타를 치며 노래하였다.

당신의 하늘은 무슨 빛이었길래

당신의 바람은 어디로 불었길래

당신의 별들은 무엇을 말했길래

당신의 시들이 이토록 숨을 쉬나요

밤새워 고통으로 새벽을 맞으며

그리움에 멍든 바람 고향으로 달려갈 때

당신은 먼 하늘 차디찬 냉기 속에

당신의 숨결을 거두어야 했나요

죽어가는 모든 것을 사랑했던 당신은

차라리 아름다운 영혼의 빛깔이어라

잎새에 이는 바람에도 괴로웠던 당신은

차라리 차라리 아름다운 생명의 빛깔이어라

윤동주 무덤 앞에서 노래 부르는 윤형주 장로

그의 노래가 윤동주의 무덤가를 맴돌아 명동촌을 향하여 날아
갔다. 하늘의 구름도 잠시 머물며 노래를 듣고 가는 듯 보였다. 외
롭고 쓸쓸하고 애달팠을 그의 삶과 죽음이 눈앞을 스쳐 지나갔
다. 이토록 아름답고 평화로운 고향 마을에서 하늘과 바람과 별
과 시를 노래하며 사랑과 자유를 누려야 했을 윤동주는 그 모든
삶의 행복을 빼앗긴 채 조국 독립을 위해 시로 저항하다 쓰러져
갔던 것이다.

나 역시 푸른 뗏장이 입혀진 윤동주의 무덤을 보면서 그제야

마음이 놓였다. 대한민국 국민으로서, 시인으로서, 목회자로서 순결한 영혼을 품고 조국의 독립을 염원하며 시로, 삶으로 저항하였던 한 청년의 삶 앞에 조금이라도 부끄러운 마음을 씻어내듯이 말이다. 그리고 나는 윤동주의 무덤 앞에서 두 편의 뒤늦은 조시를 바쳤다.

윤동주 무덤 앞에서 3

님의 무덤을 찾아오지 않고서야

어찌 시인이라 할 수 있으랴

그대처럼 아파하지 않고서야

어찌 시를 쓴다 할 수 있으리오

부끄러움 하나 느끼지 않고 시를 썼던

가짜 시인을 꾸짖어주십시오

눈물 없이 쓴 껍데기 시를

심판해주십시오

참회록 없는 이 시대의 시인들을

파면해주십시오

당신 무덤에 피어오른 동주화를

내 마음의 무덤에 심도록 허락해주십시오.

그 어떤 밤도 흐린 별 하나를 이기지 못하리
                                    - 윤동주 묘에서 바치는 뒤늦은 조시(弔詩)

님은 후쿠오카 형무소에서 싸늘한 시신이 되고

한 줌의 백골가루가 되어 떠났지만

우린 여전히 님을 보내지 못하고

가슴속 잎새에 이는 바람에도 괴로워하는

흐린 별 하나를 그리워합니다

자유와 사랑을 빼앗긴 들녘에서

하늘과 바람과 별과 시가 되어

훌훌 떠나간 가인(歌人)

십자가 종탑 아래서

피투성이가 되어 쓰러진 조국을 끌어안고
목 놓아 울고 또 울었던 서글픈 사내

님이 사랑한 조국은 끝내 아무런 대답도 없었지만
잠 못 드는 밤, 뜨거운 연서를 쓰고
주사자국에 파랗게 멍든 떨리는 손으로
칠흑 같은 절망의 밤을 향하여
백야의 시를 바쳤던 가녀린 시혼(詩魂)

님이 비록 온밤을 밝히는 찬란한 별이 되지 못하고 어느 깊
은 밤 흐린 별 하나로 떠 있을지라도
헤아릴 수 없이 많은 이들의 가슴에
자유의 등불과 백야의 빛이 되어
검은 어둠을 사르고 있다면
지상의 그 어떤 밤도 흐린 별 하나를 이기지 못하리

님이여,
오늘 밤에도 별이 바람에 스치웁니다

그 어딘가 잎새 하나 붙잡고 울고 있을 외로운 눈물이여

그러나 그 눈물이 소리 없는 새벽 보슬비 되어

오늘 우리의 가슴과 민족의 광야에

이름 없는 산들꽃을 피우는

더운 가슴의 사랑이여.

윤동주의 무덤 옆에 평생의 벗이었던 송몽규의 무덤도 있었다. 내성적이며 사유적이었던 윤동주에 비해 외향적이며 실천적이었던 송몽규, 빛나는 천재성으로 문학에도 소질을 보였지만 낙양군관학교에 진학하며 무장항쟁을 꿈꾸었던 혁명가, 결국 일제의 폭압 아래 비운의 죽음을 맞아야 했던 한 젊음이가 쓸쓸하게 누워 있었다. 윤동주, 송몽규 두 사람은 여전히 저 하늘 너머 어딘가에서 어깨동무 걸고 함께 걷고 있을까. 한 번밖에 없는 꽃다운 청춘을 바쳐 나라의 독립을 위해 싸워준 송몽규를 향한 감사의 마음을 담아 꽃다발을 바쳤다.

지금까지 대부분 윤동주를 인간의 보편적 가치를 노래한 순수 서정시인 정도로만 생각했다. 그런데 윤동주를 연구해보니까 절대 아니다. 그는 정말 일본에 나라를 빼앗긴 조국의 현실을 아파

송몽규의 무덤

송몽규의 무덤에도 뗏장을 입혔다.

우에노 교수(오른쪽)와 윤동주 시인에 대해 이야기 나누며

하고 독립을 염원한 위대한 민족적 저항시인이고 애국시인이었
다. 일본의 학자들 역시 동일한 인식을 가지고 있었다.《예언시인
윤동주》라는 책을 출판하기도 한 교토여자대학교 우에노 준 교수
는 윤동주의 시 세계에 대해서 이렇게 말했다.

"윤동주의 사촌 형 송몽규는 실천적 독립운동가로서 활동했던
사람이다. 윤동주 역시 틀림없는 저항적 애국자라고 말할 수 있
다. 왜냐하면 죽을 때까지 한글을 버리지 않고 한글로 시를 썼기

때문이다. 물론 그는 폭탄을 던져 저항을 하거나 적을 공격하거나 하는 직접적인 행동은 하지 않았다. 그런데 직접 행동이라는 것은 그 자리에서만 저항이라는 것이다. 가장 중요한 것은 정신을 잃지 않고 문화를 잃지 않고 나라를 지키는 것이다. 그런 면에서 윤동주야말로 진정한 애국자이며 가장 존경할 만한 인물이다. 윤동주 시인의 저항은 가장 고급적인 방식이고 가장 맹렬한 비판과 억압을 받을 수도 있는 진정한 저항이다."

윤동주의 시는 일본 고등학교 교과서에 실려 있기도 하다. 그만큼 일본에서도 문학적으로 높은 평가를 받기 때문이다. 그리고 일본에서 가장 많이 팔리고 가장 많은 관심을 두고 있는 한국의 문학가가 바로 윤동주라고 한다. 우에노 준 교수는 1992년 서울에서 윤동주를 향한 추모시를 바치기도 하였다.

> 그대의 소리가 들리지 않은 지가 오래다
> 내 귓가에 울린 것도 벌써 그대 떠난 오랜 후였다
> 멀리 북간도에서 왜 그대는 일본에 왔는가
> 붉은 벽돌 건물이 나란히 서 있는 캠퍼스를 홀로 거닐며
> 그때 그대는 무얼 보고 또 생각했을까

지금 내 귓가에 들려오는 그대의 목소리

그것은 남겨진 시편을 통해 울리는 빼앗긴 교토에서의 목소리

어둡고 고요한 소리

시인이 그 목소리를 영원히 빼앗기지 않은 세계를 만들기
위해

그것이 그대에게 조금이나마 속죄가 되리라고 나는 믿고 싶다

펜을 든 독립운동가,
윤동주

독립기념관에 가면 윤동주 시인을 이육사, 이상화, 한용운 시인과 더불어 애국저항시인으로 선정해놓은 것을 보았다. 저항시인이라면 일제에 맞서 시로써 독립운동을 외치고 민족의식을 키워나갔던 시인들을 말한다. 엄격한 검열과 통제 속에서 저항시를 발표한다는 것 자체가 독립운동이었다. 박민영 박사(독립기념관 한국독립운동사연구소 수석 연구원)는 윤동주의 저항적 시 세계에 대해 설명한다.

"독립운동사의 분야가 매우 다양하다. 독립기념관도 다양한 전시를 다 담고 있지만 독립운동사에서 총칼로 직접 일본군하고 싸웠던 분들이 만주 독립군이다. 그런데 독립군의 형태가, 총칼 대신에 펜을 들었을 때 그분들은 펜을 들었던 독립군이었다. 그러니까 독립운동의 한 형태로서 저항시가 나왔으며 저항문학 자체가 독립운동의 한 방편이 되었다.

그러므로 윤동주가 가졌던 시대적 환경적 소산으로써 윤동주를 봐야 한다. 윤동주는 김약연 목사를 중심으로 한 명동촌, 즉 민족운동의 울타리 속에서 성장했다. 그런 환경 속에서 자랐기 때문에 당연히 시대에 대한 고민과 고뇌, 번뇌가 일찍부터 자리 잡았고 그것이 결과적으로 후쿠오카 교도소에서 옥사하게 되는 순국을 하게 된 것이다."

국가보훈처에서 윤동주 관련 자료를 찾아보면 이미 1990년 윤동주가 그의 독립운동 공로를 인정받아 독립장을 수여받았음을 확인할 수 있다. 그만큼 윤동주는 순수 서정시인을 넘어서 조국의 독립을 위해 저항했던 애국시인이었음을 알 수 있다.

서동일 박사(국가보훈처 연구원)는 윤동주의 독립장 서훈 배경에 대해서 다음과 같이 설명한다.

"윤동주의 대표적인 저항활동이 일본의 징병제에 대해서 반대했다는 것이다. 1943년 이후에 태평양 전쟁의 시국 속에서 일본은 당연히 많은 군인을 필요로 하게 되었고 일본의 청년만으로는 부족했기 때문에 조선의 청년들이 필요했다. 그래서 한국의 무고한 청년들의 목숨을 앗아가는 활동들을 했었다. 그런데 징병제 반대를 일본의 심장부에서 떳떳하게 얘기할 수 있었다는 점, 그리고 이런 사상을 송몽규 선생 등과 같은 독립운동가들과 함께 연대해서 여러 사람에게 적극적으로 알리고자 했다는 점이 일본의 입장에서 가장 섬뜩한 활동이었다고 볼 수 있다.

유학 시절 일본에 타격을 주고 또 옥고가 순국으로 이어진 사실들이 자료를 통해서 명확하게 밝혀진 점이 바로 윤동주 선생께서 독립장에 서훈이 된 배경이라고 할 수 있다. 윤동주 시인은 독립운동의 한 형태로서 저항시를 썼던 것이고 그의 저항문학 자체가 독립운동의 한 방편이 되었다. 그래서 암울한 시대 속에서 자신의 환경에 맞게 독립운동의 분야를 개척해나가면서 민족의 혼을 불살랐던 것이다."

많은 사람들이 윤동주 시인 개인의 고뇌와 방황만을 이야기하는데 윤동주는 분명 우리 민족의 역사였고 슬픈 국민의 자화상이었다. 이 슬픔과 역사의 수치를 잊어버리면 우리 민족의 미래는 없다. 그는 시를 통하여 민족의 언어를 지키고 독립의 의지와 정신을 불사른 독립운동가였다.

호사카 유지 교수(세종대 교양학부)는 윤동주가 후쿠오카 감옥에서 순국할 수밖에 없었던 이유를 이야기한다.

"윤동주는 시를 통해서 조선 민족의 문화를 살리려는 목적을 갖고 있었고 그렇게 해서 죽어가는 조선 문화를 어떻게든 살리겠다는 목적을 갖고 있었다. 그리고 조선 문화의 부활을 위해서는 반드시 일본으로부터 독립하지 않으면 안 된다는 의식을 강하게 갖고 있었던 인물이다. 그래서 일본은 윤동주에 대해서 천황 중심제를 전환, 전복시키는 사람으로 보고 최고의 반역자로 간주했다는 것을 알 수 있다."

일본 제국주의에게 윤동주는 반역자였다. 그리고 조선에게 윤동주는 희망이고 미래였다. 그의 시 하나하나, 그가 걸었던 고독과 치열했던 걸음으로 가장 불행했던 역사가 자랑스러운 역사로 바뀌고 있다. 그래서 내가 이사장으로 있는 한민족평화나눔재단의 후원으로 KBS에서 〈시인과 독립운동〉이라는 제목으로 3·1절 기념 특집 다큐를 2부작으로 제작하여 방영하였다. 전혀 새로운 관

윤동주 KBS1TV 특집 다큐멘터리
포스터

점의 다큐를 통하여 윤동주를 바라보는 시각을 완전히 바꾸었다.

혹자는 윤동주가 일제강점기에 시집을 출판한 것이 아니라 독립 이후에 출판하였기 때문에 독립운동가로 평가할 수 없다는 의문을 제기하기도 한다. 송희복 교수(진주교대 국어교육과)는 이에 관하여 다음과 같이 설명한다.

"일제 때 윤동주의 시집은 전혀 발표될 수가 없었다. 1942년 상황에 통과도 안 되며 서울에서는 나올 수 없는 시집이다. 그래서 〈하늘과 바람과 별과 시〉는 그의 지도교수였던 이양하 선생

필자가 소장한 윤동주 초판 시집

님께서 출판할 생각하지 말라고 만류한 것이다. 윤동주가 생전에 계획했던 시집을 내지 못한 것은 일제의 검열에 걸릴 것이라고 판단했기 때문이다. 마치 정약용 선생의 많은 저작물은 그 시대의 사람들은 아무도 안 읽었지만 지금 훌륭한 실학자라고 이야기하고 있는 것처럼 윤동주의 시는 독립운동사에 충분히 평가받을 수 있다."

윤동주의 시집 출판 시기를 시간적으로만 제한하면 안 된다. 청록파 시인들도 1940년 전후에 쓴 시였지만, 1946년에 《청록집》을 펴내면서 '청록파'라고 불리게 되었다. 윤동주 시 정신의 연속성이 중요하고 삶의 파장이 중요한 것이다.

윤동주와의
재회

　나는 윤동주와 시를 통해서 재회하기 위해 다시 윤동주 생가를 찾고 그가 다닌 명동소학교, 그리고 대성중학교를 찾았다. 그리고 이런 시를 썼다.

윤동주 생가에서

당신이 이곳에서 별을 보며

사색에 잠기던 때

나는 라디오에 심취해 있었습니다

잎새에 이는 바람 소리에도

시대의 소명을 감지하던 때

나는 바람개비를 날리며 뛰어다녔지요

작은 심장을 콩당거리며

시상에 잠겨 있을 때

나는 많은 청중 앞에 웅변을 하며

박수와 갈채를 받았어요

당신이 문예지를 만들고 있을 때

땅따먹기 놀이를 하고 있던 나

지금 죄인이 되어 찾아왔네요

이제라도 당신의 체취를 느끼고 싶고

순백의 얼과 동심의 혼을 만나러 왔는데

당신은 없고 영혼의 제단에 올려진

시들이 제물이 되어 화제(火祭)로만 타오르고 있어

제단 위에 타오르는 헌상의 시들을

차마 가져갈 수는 없고

타다 남은 잿가루를

한 움큼 가져가겠습니다.

은진중학교에서

청운의 꿈을 안고 달려간 용정

은혜와 진리의 향기로 가득했던 교정

밤이면 시의 촛불을 들고 별 사이를 거닐고

낮엔 흙먼지 날리며 축구도 하고

땀 한 방울이라는 웅변과 첫 문예지

아, 소년 동주의 가슴을 깨웠던 꿈의 둥지

상처 입은 별들의 모항

용정의 어린 영혼들을 안아주었던 은진중학교

은진의 바람은 민족혼을 깨우고

십자가 사랑의 연서를

동주의 가슴에 손가락 글씨로 새겨주었기에

먼 훗날 별도 잠든 조국의 밤하늘

어둠이 내린 야산의 흙바닥 위에

그리운 이들의 이름을 썼다 흙으로 덮기도 하였으니

소년 동주의 발자국이 어딘가 남아 있을 것만 같아

교정 구석구석을 걸어봅니다

아, 어디선가 불쑥 그가 꽃 한 다발 들고 나타나

반갑게 웃으며 인사할 것만 같아

여기저기 찾아 헤매어봅니다

그러나 아무리 찾아도 동주는 없고

내가 또 다른 동주가 되고 싶은 마음 가득한데

동주에게 누가 되지 않을까

내가 천만 번 또 다른 동주가 되더라도

그의 이름만 생각해도 슬픈 용정의 하늘

그러나 동주여,

못다 핀 꽃 한 송이여

여전히 잠들지 못한 저 깊은 밤하늘

가슴에 별 하나 품고 손 흔드는

아련한 그리움이여.

윤동주가 다닌 명동소학교

　　윤동주라는 사람은 분명히 떠났지만, 우리의 가슴에는 여전히
시인 윤동주가 살아 있다. 우리는 윤동주 이후에 누구나 시 한편
을 가졌다. 그래서 나는 〈윤동주 이후…〉라는 시를 썼다.

　　　윤동주 이후…

　　님은 갔습니다
　　그러나 다시 왔습니다
　　아, 님은 갔습니다
　　그러나 님은 가지 않았습니다

때늦은 깨달음이지만

우리가 님을 떠나보내지 않았기 때문입니다

여전히 별빛 속에 당신의 이름이 새겨져 있고

내 가슴의 별에도 당신의 고뇌와 눈물,

저항적 사색이 새겨져 있기 때문입니다

감추려고 해도 감출 수 없는 별빛, 그 빛 때문에

나는 지금도 시대에 저항하여 어둠을 쫓고 있습니다

비록 몽규처럼 총을 들진 않았지만

나는 여전히 펜을 잡고

당신처럼 부끄러움을 넘어 순수저항을 새기고 싶습니다

아, 가신 것처럼 보이지만 가시지 않았고

떠났지만 여전히 아벨의 대언을 하고 있는 님이여

오늘도 당신의 하늘과 바람과 별과 시는

우리의 상념의 바다가 되고 아픔의 격류가 되어

그 아픔은 별이 되고 꽃이 되고 바람이 되어

어둠 속을 표류하는 시대를 인도하는

외로운 등대처럼 저항의 불빛을 밝히고 있습니다.

대성중학교에서

그의 시혼은 지금도 우리 민족의 광야에 별이 되어 빛나고 있다. 시를 좋아하든, 좋아하지 않든 윤동주 시인을 모르는 사람은 없다. 윤동주의 시는 황량하고 피폐한 우리 가슴에 시심이라는 한 송이 꽃을 선물해주었다. 윤동주는 우리 가슴에 살아 움직이면서 눈물을 닦아주고, 쓰러진 자를 일으켜 세워주며, 절망에 빠진 사람에게 희망을 주는 '불멸의 시인'이다. 그는 애처롭게 생을 마감했지만 여전히 우리 곁에 살아서 지금도 얘기를 들려주고 있다.

지금 우리 사회는 얼마나 갈등과 분열을 겪고 있는가? 이념과 계층, 지역과 세대에 따라서 서로 공격하며 갈등 현상을 일으키고 있다. 특별히 조국의 산하는 남북으로 나뉘어 얼마나 긴장과 대결 구도 속에서 신음하고 있는가. 윤동주는 떠났지만 여전히 우리 민족의 가슴에는 미움과 증오의 상처가 남아 있는 것을 보게 된다.

윤동주 탄생 100주년을 맞아 우리 사회도 에덴의 동쪽과 같은 미움과 증오, 살의와 광기의 겨울이 지나고 사랑과 용서, 화해와 평화의 봄이 오기를 기원한다. 사람들이 많이 다니는 길거리에는 꽃이 필 수 없다. 버려진 땅 같지만 꽃은 폐허에서 핀다. 그래서 우리는 상심하고 절망할 필요가 없다. 폐허에서 다시 꽃을 피워야 한다.

　인간은 두 가지 부류의 유형이 있다고 한다. 검투사형과 정원사형이다. 검투사와 정원사는 똑같이 손에 칼을 들었지만, 검투사는 상대방을 죽이고 피를 흘린다. 그러나 정원사는 꽃밭을 가꾼다. 지금 우리 사회는 너무 검투사형 사람들이 많아서 전쟁터로 변해가고 있다. 물론 불의와 부정에 맞서 싸워야 할 때는 검투사의 심장을 가지고 단호하게 싸워야 한다.

　그러나 그 결과는 상대방을 죽이고 피 흘리게 하는 파괴가 아니라 오히려 사람을 살리고 아름답게 가꾸는 정원을 만들어야 하지 않겠는가. 검투사의 심장을 가진 정원사 같은 사람들이 많아졌을 때 정의가 바로 서고 화해의 꽃밭을 이루는 사회가 될 수 있을 것이다.

　윤동주가 살았던 시대 역시 증오와 미움, 분노와 살기가 판을 치던 폐허의 시대였다. 그런데 윤동주는 시로만 저항한 것이 아니라 현실 속에서 치열하게 싸우며 끝내는 꽃다운 생명을 조국의 제단에 바쳐 죽음으로 저항한 것이다. 하지만 그의 시 세계가 위대한 것은 저항성으로만 끝난 것이 아니라 이념을 초월하여 진정한 사랑과 평화의 시대를 꿈꿨다는 것이다. 그런 사랑과 평화의 시대가 오기를 바라며 그는 민족 제단에 시를 화제로 드렸던 것이다.

나는 윤동주에 대한 미안함과 부끄러운 마음을 안고 여러 번 생가를 방문했다. 그때마다 어린 시절 명동촌을 뛰어다녔을 그의 모습이 아련하게 떠오른다.

다시,
동주를 기다리며

우리 시대에 더 많은 동주들이 나와야 한다. 그리고 동주의 시 혼뿐만 아니라 나라를 사랑하는 마음들이 젊은이들의 마음속에서 불타올라야 한다. 조용하고 침착하지만 송몽규와는 또 다른 동주의 야성이 전이되어야 한다. 쉽게 포기하고 증오하고 순응하는 현실도피적 가치관에서 벗어나야 한다. 그 모진 시대의 광풍과 채찍에도 굴하지 않았던 윤동주의 별빛 같은 야성이 오늘 우리의 가슴에 빛나야 한다.

윤동주의 가슴에서 빛나던 하늘과 바람과 별과 시가 오늘 이 시대 우리의 가슴에도 빛나야 한다. 그의 가슴속에 빛나는 별과 푸른 풀잎을 스치고 지나간 바람이 다시 우리의 가슴을 스쳐 지나가야 한다. 그의 생가를 방문하러 용정에 갔을 때 〈용정의 바람〉이라는 시를 썼다.

용정의 바람

용정에 다시 왔는데
오늘은 무엇을 가지고 오시겠습니까?
마음이 캄캄할 때
먹장구름을 가져오고
마음이 슬픈 날은
차가운 비를 가져왔죠
깜빡거리는 심지의 불마저 꺼뜨려버렸을 때
목 놓아 울고 또 울었습니다

그토록 울게 하면서 어느새

오곡백과를 무르익게 한 당신

무르익은 오곡백과들 위에

별빛도 잠들게 한 후

거기서 내 이름을 부르며

영혼 속까지 생기로 지나가며

시상을 가져오는 당신, 누구입니까?

저 머나먼 곳에서 바다를 지나고 산을 넘어

지금도 내게로 오고 있는 당신이여

오늘은 무엇을 가져오시겠습니까?

추억의 날개에 때 묻은 나를 태워

다시 먼 근원의 세계로

원형의 땅으로

데려다 줄 수는 없는가요

동주의 시가 가득한 곳

별들 사이에서 시를 쓸 수 있는 나라로….

2017년, 윤동주 탄생 100주년을 맞아 우린 윤동주와 다시 재회해야 한다. 왜냐면 그는 갔지만 여전히 그는 우리 곁을 떠나지 않고 남아 있기 때문이다. 그의 시가 민족의 광야를 비추는 별이 되어서 조국의 광야가 미움과 증오의 전쟁터가 아닌 향기로운 꽃이 피어나는 사랑과 평화의 정원이 되었으면 좋겠다.

윤동주 책 출판을 앞두고 마지막 교정 작업을 할 때 뜻깊은 낭보를 받았다. 한국문인협회로부터 윤동주 탄생 100주년을 맞이하는 올해 윤동주문학상 수상자로 선정되었다는 연락을 받았다. 그 소식을 듣고 더 가슴이 떨리고 묵직한 책임의식이 느껴졌다.

'나는 어쩔 수 없이 윤동주와 같이 가야 하나 보다. 윤동주의 마음과 시혼을 품고 윤동주가 못 한 말, 윤동주가 못 한 일을 해야 하나 보다. 달을 봐도 윤동주가 본 달을 보고 별을 봐도 윤동주가 본 별을 보고 아침에 이슬을 머금고 있는 풀잎을 봐도 〈서시〉의 풀잎을 보아야겠다.'

그는 짧은 생을 살고 떠났지만 그의 시혼과 애국혼은 또 다른 제2, 제3의 윤동주를 통해서 하늘과 바람과 별과 시의 노래를 들려줄 것이다. 아니, 애국혼을 넘어 그가 꿈꿨던 사랑과 자유, 용서와 화해의 보편적 가치가 대한민국과 중국 그리고 현해탄을 넘어 일본까지, 아니 전 세계에 전해졌으면 좋겠다.

나는 윤동주를 기리는 마음으로 2016년 11월 1일 예술의전당 콘서트홀에서 개최된 '겨레사랑 2016 한국가곡 페스티벌'에서 윤동주 추모곡을 작사, 작곡하여 발표하였다. 다시, 윤동주를 기다리는 마음으로 추모곡 가사와 악보를 책의 마지막에 남긴다. 나는 오늘도 윤동주를 노래한다. 아니, 내일도 부를 것이다. 아, 동주여, 여전히 우리의 가슴을 밝히는 찬란한 청춘의 별이여, 어둠을 사르는 핏빛 영혼이여, 별빛 언덕 위에 쓴 이름이여.

님은 갔지만 떠나지는 않았습니다

때늦은 깨달음이지만 우리가 님을 떠나보내지 않았기 때문이죠

여전히 별빛 속에 님의 이름 새겨져 있고

내 가슴에 별에도 님의 고뇌와 저항이

새겨져 있기 때문이요

감추려 해도 감출 수 없는 별빛

그 별빛을 따라

우리 모두 다 시대를 저항하며 어둠을 쫓고 있어요

겨레사랑 2016 한국가곡 페스티벌을 마치고

아아 가셨지만 가시지는 않았고

떠나셨지만 아벨의 대언을 하고 있는 님이여

오늘도 하늘과 바람과 별과 시는

시대를 저항하는 불빛이 되고

어둠과 아픔을 밝히는 외로운 등대가 되고 있으니

아 그리운 님이여

상념의 바람이여

변함없는 별빛이여

하늘과 바람과 별과 시여

동주여, 그대 젊음의 핏빛 영혼이여.

윤동주 추모곡

작사 소 강석 목사
작곡 소 강석 목사

는   시 대 를 저 항 하 는 불 빛 이 되 - - 고   어 둠 과 아 픔 을 밝 히 는

외 로 운 등 대 가 되 고 있 - 으 니   아 - 그 리 운 넘 - - 여   상 념 의 바 람 이 여

변 함 없 는 별 빛 이 이 여   하 늘 과 바 람 과 별 과 시 - -

여   동 주 여   그 대   젊 음 의 핏 빛 영 혼 이 여

별빛 언덕 위에 쓴 이름

1판 1쇄 인쇄 2017년 11월 27일
1판 1쇄 발행 2017년 12월 1일

지은이 소강석
펴낸이 김성구

책임편집 김민기
단행본부 박혜란 이은정 김동규
디자인 홍석훈 문인순
제 작 신태섭
마케팅 최윤호 송영호 유지혜
관 리 노신영

펴낸곳 (주)샘터사
등 록 2001년 10월 15일 제1-2923호
주 소 서울시 종로구 창경궁로35길 26 2층 (03076)
전 화 02-763-8965(단행본부) 02-763-8966(영업마케팅부)
팩 스 02-3672-1873 **이메일** book@isamtoh.com **홈페이지** www.isamtoh.com

ISBN 978-89-464-2073-1 03810

이 도서의 국립중앙도서관 출판시도서목록(CIP)은 e-CIP 홈페이지
(http://www.ni.go.kr/cip.php)에서 이용하실 수 있습니다. (CIP제어번호 : CIP2017029160)

값은 뒤표지에 있습니다.
잘못 만들어진 책은 구입처에서 교환해 드립니다.